매화는 내 딸
매실은 내 아들
2

아름다운 농사꾼 홍쌍리 자전시집

매화는 내딸 매실은 내아들 2

초판 인쇄 2023년 3월 5일
초판 발행 2023년 3월 10일

지은이 홍쌍리
펴낸이 김상철
발행처 스타북스
등록번호 제300-2006-00104호
주소 서울시 종로구 종로 19 르메이에르종로타운 B동 920호
전화 02) 735-1312
팩스 02) 735-5501
이메일 starbooks22@naver.com

ISBN 979-11-5795-682-1 04810
979-11-5795-680-7 (세트)

매화는 내딸
매실은 내 아들

2

아름다운 농사꾼

홍쌍리 자전시집

스타북스

이름도 예쁜 홍쌍리는 농부다. 농부는 '지아비 夫'를 쓰니 구태여 쓰자면 農婦쯤 되겠다. 21세기에 남녀를 구분짓는 용어를 끄집어내니까 만망하긴 하다. 하지만 홍쌍리는 여자 농사꾼으로 남정네들이 해내지 못할 대업을 성취했고 지금도 하는 중이다.

광양시청 농작물 담당하는 부서에서는 나에게 이렇게 말했다. "광양 전역 매실은 홍쌍리가 만들었다."

논밭 일구고 재첩 잡아 살던 광양 농가에서 매실농사로 돈을 벌게 된 연유도 홍쌍리였고, 과실을 맺기 전에 찬란하게 반짝이는 매화를 축제로 만들어 외지인들을 불러모은 시작도 홍쌍리였다. 이제 섬진강 십리 매화길은 쌍계사 십리 벚꽃보다 더 찬란하다.

나는 1999년 봄날 홍쌍리를 처음 보았다. 그 뒤로 나는 그녀를 어머니라고 부른다. 아들 김민수는 동갑내기 친구다. 둘 다 30대 초반으로 철없이 술 먹고 매화꽃 자랑하면서 다녔다.

그런 김민수와 나는 철이 제법 들어서 글도 쓰고 어머니 홍쌍리 뒤를 이어서 매실밭을 가꾼다. 그런데 이 친구가 늘 입에 달고 사는 말이 있다. "우리 어머니 이제 쫌 일 안하고 놀았으면 좋겠다."

내가 봐도 그렇다. 이제 쉬면서 놀러도 다니고 흙일일랑 젊은이들한테 맡겨도 될 텐데 어머니는 살벌하게 일한다. "매실 덕분에 건강하다"면서 또 그 건강한 몸을 매실한테 헌신 중이다. 어머니, 진짜로 좀 쉬엄쉬엄 하세요.

이 시집에는 잠시도 쉬지 않는 농부 홍쌍리 인생이 기록돼 있다. 개량한복 곱게 입고 손님 맞는, 겉으로 보이는 꽃의 여인 홍쌍리가 아니다. 그 화려함과 찬란함을 이룩할 때까지 홍쌍리가 내뱉은 한숨과 닦아낸 눈물과 두 손을 나무껍질처럼 거칠게 만든 돌무더기들이 기록돼 있다. 예컨대, 홍쌍리가 개울물에게 말을 건다.

〈물 나무 사람〉
얼음 속에서 흐르는 물은
돌에 부딪치고 나무뿌리에 부딪쳐
아파도 말을 못할 뿐이지
도랑물아 니들도 아프지

읽는 내가 아프다. 그 개울물처럼 아픈 홍쌍리는 '국제시장에서 부러움 받고 살다가/23살 12월 23일 밤 7시 30분경/어두운 논두렁길 등잔불 들고/산꼭대기 올라가던 새 각시는/지게 작대기 같은 여자 말고/남들처럼 보통 여자로/한 번만이라도 살고 싶었는데' ('여자로 살고 싶다') 남 좋으라고 실컷 노동하며 평생을 살았다.

앞으로도 계속 노동하면서 살 분이 틀림없는 어머니 홍쌍리에게, 건강하게 사시고 행복하게 사시라고 부탁드린다. 그녀가 사는 법이 이 시집에 가득하다.

박종인_조선일보 선임기자

시인의 옷에는 꽃이 있다.
시인의 밥상에는 목소리가 있고,
시인의 문장에서는 땀냄새가 난다.

이 책을 읽고 나면 시인의 인생은
나를 두고 먼저 떠난
보고 싶은 우리 엄마가 된다.

김재원 _ 아나운서, KBS 아침마당 진행

아름다운 농군

어느날,
니는 내동생 해라.
선생님 하지 않고 그냥 언니 동상하자.
그날도 그냥, 성 동상하자 했다.

성!
니는 어찌어찌 그래 살았노.
어찌 그리 바보고, 바보 중 상바보야 성은.
성만 떠올리면 눈물만 난다 아이가.
어찌 그리 미련스럽고도 그리 살아 왔노.

이보시오 벗님네야!
우리성 손 좀 만져보고 가소.
우리성 굽은 등어리 좀 만져보고 가소.
마디마디 굵디굵은 삐틀린 뭉턴손,
허리는 지리산자락 넘는 고개마냥 굽어
뼈가 만져지며 고갯길 넘는 듯한 등거리 좀 만져보고 가소.
비탈진 매실 낭구에서 나동구라지기를 수십차례...
내는 여지껏 성 등줄기 뼈같이 휜 등뼈는 본적도, 만져본 적은 더
욱 없데이.
농사꾼이 등어리가 다 그렇게 휘었다면
그 누가 농사를 짓겠는가.

성, 성이 만든 낙원동산에 많은 이들이 놀고 쉬어가게 하믄서...
와 성은 쉬는 날이 없는네.
와 노는 날이 없나 그 말이다.
성, 성 몸은 무슨 무쇤 줄 아나.
아이다, 아이다. 성이 있고 너도 있는 세상이 왔다.
내 몸이 있고, 니들이 있는 세상이란 말이다.
제발이지 좀 쉬라고.
저 위에서 오라면 갈 시간 이자 얼마 안 남았다고
뛰지 말고 쉬라꼬 제발...
성 몸도 생각 좀 해주라고 제발.
주인 잘못만나 우리 성 몸은 엄청시리 고생한다.

성, 내는 무슨 인연으로 이런 큰 (어른)성을 알게 되었는고...
성, 언제까지나 사랑한데이......

2023년 1월 벽두에
동상 두심이가

쌍리처럼만 II

어느 날 내 삶을
애기할 때가 있겠지요

자녀들을 앞에 두고
삶을 돌아보며 고백을 하듯
말하지 싶습니다

아버지 마음으로 간절한 이야기도 하고
친구 마음으로 웃을 이야기도 할 것입니다
많겠지요

인생을 말로 남기는 것이
짧지 않을 것 같습니다
그중에 이 말은 꼭 남겨야겠습니다

세상을 살아갈 때는
도전적으로 진솔하며 진정성을 가지고
열정적으로 포기하지 말며
이웃을 돌아보며 살아라

쌍리처럼 살아봐라
참 좋더라

진운찬 _ 촬영감독

24살 가시나는
외로운 산비탈에 홀로 핀 흰 백합꽃처럼 살기 싫어서
사람이 보고 싶고 그리워서
섬진강 새벽안개 솜털이불 덮어놓은 듯 아름다운 이곳에
매화나무 잔뜩 심어놓고
5년이면 꽃이 피겠지
10년이면 소득이 있겠지
20년이면 세상 사람 내 품에 다 오겠지

도시 가시나라고 못할 게 뭐 있는데
농사는 작품
자연은 천국
꽃 물결 사람 물결
일 년에 수백만 명씩 방문하시는 천사들

꽃같이 활짝 웃고
아름다운 꽃향기 가슴 가득 담아가서 행복하시라고
저 악산을 꽃천국 만드느라 인간불도저로 살아온 홍쌍리는
매화꽃 심고 가꾸다 죽어서도 거름밥이 되어
내 딸 매화꽃 에미가 될 것입니다

아름다운농사꾼 홍쌍리

2

헝클어진 내 운명

3

들꽃이
만개하면

4

통시가 무서워서

5

**자연의
대가족**

1

학처럼
날고싶다

이 여인 밭 매던 호미 놓고
섬진강 새벽안개 속의 학처럼
아름다운 오색 무지개 우산을 쓰고
그윽한 꽃 향을 한 아름 보듬어서
마음이 아픈 가정마다
다 나누어 주고 싶어라

고난이 힘들고 지쳐도

일어날 수 없는 삶의 고비
끝이 보이지 않는 험한 길을
먹고 살기 위해 오늘-한 달-일 년

구름 끼고 비만 오겠냐
이 긴 어둠 속을 걸은 발바닥에
못이 박히도록 살다 보니
따뜻한 봄날 같은 내 가슴에
꽃도 피었더라

책

사람이 책을 만든다
책이 사람을 만든다

글이 주는 힘
어떤 삶의 여정을 썼는지

삶을 배우고 싶은 책
읽고 후회하지 않는 책
자식에게 남겨줄
기억 속에 떠나지 않는 책

천 냥 빚

말 한마디로
천 냥 빚도 갚는다는 옛말

그 순간을 못 참아
말 한마디 화냄이 악연 되면
돌아서서 후회해도 소용없다

정 많은 마음 씀씀이 보고 싶어
멀리서도 찾아오는 정 때문에
남은 인생 말 한마디로 천 냥 빚도 갚는
좋은 인연으로 살다 가세

철 따라 곱게 핀 꽃

내 마음 외로울 때 달래주든
양지바른 산풀 꽃베개 삼아
드러누워 저 하늘에 나는
새들 바라보면
모든 시름 다 잊게 하네

철 따라 피는 예쁜 꽃처럼 살고 싶어라
해마다 다시 피는
포근한 풀꽃 딸들 한 아름 끌어안고
이대로 잠들고 싶어라
포근한 이 풀꽃 밭에서

자식 사랑하는 법

첫 손자가 태어난 그날부터
새벽도 밤중도 없이
며느리 방 군불 지펴주시던 할배

손자 보고 싶어 방 따신지
이불 밑에 손 넣어 봐주시던 할배

무릎 위에 앉혀 손자 밥 다 먹여놓고
당신 밥 드시던 할배

학교에 갈 때까지 할배 등에 업힌
손자는 좋아서 우쭐우쭐
첫 손자는 맛있는 것 다 주고 안아주고 업어주고
밤마다 보듬고 주무시던 할배

둘째 손녀와 셋째 손자는 넘어져 무릎에 피가 나도
안아준 적 한번 없는 할배

나이 들어도 부모한테 기대려 하는데
매 맞아가며 강하게 큰 작은 아들은
자기 힘으로 인정받는 삶을 잘 살고 있네

지나친 사랑은 자식을 무능하게 하는 걸 몰랐네
미운 짓하다 매 맞아가며 큰 자식이
부모 잘 모시는 효자란 옛 말씀들 좀 들을 것을

이 시대 엄마들이여 철없는 어린 자식
지나친 사랑도 지나친 매도 아닌
넘어져도 울지 않고 혼자 일어날 수 있는
그런 자식으로 키워봄이 어떻소

청춘아

서산에 넘어가는 내 청춘아
니 가는 줄 내 몰랐네
좀 쉬었다 가면 좋을 낀데
뭐가 그리 바빠 쉴 줄도 모르는가
살기 바쁜 내 청춘은
달음박질하고 가네

꽃 같은 내 청춘아
바람같이 힝 날아가 버린
내 청춘아
휴가나 한번 왔다 가지
휴가가 뭔지도 모르나
내 청춘아

초년고생 노후 행복

젊어서 고생도 좀 해보고 살자
그 맛이 얼마나 맛있는지
초년고생은 돈 주고도 못 사는걸
포기는 하지 말자
될 때까지 밀어붙이자

경험이 선생이고
삶이 교과서더라
힘들어도 부지런히 일함으로
잘 버티고 잘 참고 잘 살아온 젊음이
노후 행복한 삶이 아니든가
젊음을 불태워
성공한 용머리를 꿈꾸어라

친손자 외손자

사랑받는 친손자
맛있는 거 있으면 살짜기 불러
'혼자 먹으래이'

외손자 몰래 친손자 혼자 군밤을 먹고 있는데
외손자가 방문을 열고 들어오면
담뱃대로 외손자 머리 때려서 우는 외손자

사위가 미워서
외손자를 더 미워하는 외할배
그래서 옛날 조상님들이
겉보리 서 말만 있으면 처가살이 하지 말라고 했지

지금은 아들 딸 친손자 외손자
차별 없는 살기 좋은 세상이 되었제

텅 빈 항아리야

여인의 손때 묻은
소중한 된장 고추장 항아리야
느그들은 여인의 손맛을 알지야?

팥죽 같은 땀 흘리며
항아리 묵은 때 다 씻어
여인의 마음도 텅 비우고 싶어라

미움도 욕심도 텅 빈 항아리처럼 비웠다가
가득 채운 항아리 물거울 속에 여인의 주름은
60년대의 고달픈 여인들의 삶이라는 것을
물거울 니는 알지야?

여인의 아픈 가슴 속은 한평생을 꿰매도
다 꿰맬 수 없는 가슴앓이를
물거울아
니는 알지야?

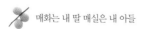 매화는 내 딸 매실은 내 아들

통시문과 쥐새끼

아부지 방 소죽솥 걸린 부엌 앞에서
똥이 나올라 킹킹거리는 나를 보시면
"왜, 통시 가고 싶냐"
"예. 아부지 너무 무서워서예"

가마니로 만든 통시문을 열고 들어가는데
짚단 속에 쥐새끼들이 후다닥
"엄마야"
악을 쓴 나는 막 울어 버렸다.
아부지가 쫓아오셔서
"왜 왜 그러냐"
"아부지 쥐새끼가예..."
"그놈들이 짚 속에 나락 먹을라고 그런다 괜찮다
얼릉 똥 싸고 나오니라 시애비 여기 서 있을게"
"아부지 고맙십니더"

부산에서는 신문지가 화장지인데

여기는 짚이 화장지다
그 뒤로는 쥐새끼가 있어도 볼 일 잘 보고
촌아지매 다 되었제

잡을 수 없는 세월아
내 청춘 돌려줄 수 없겠나
통시문 꼭 잡고 일 보던 내 젊음을

토란은 염증 치료약

토란 뿌리는 껍질 벗기고
무, 대파, 양파, 멸치, 다시마 삶은 육수에 살짝 삶아서
콩가루, 찹쌀가루, 들깨가루, 마늘, 석화를 넣고
집 간장에 간하여 끓여 먹으면
보신탕이제

옛말에 딸 사돈집 가면
김도 안 나는 뜨거운 김국에
입이 디어 부예가 나서
딸 사돈 왔는데
뜨거운 토란국 맛 한번 봐라
사돈 토란국도 김 안 나고 뜨겁지예
사돈 입 안됬는교

그래도 토란은 염증에 좋은 줄 알아서
들깨토란국은 겨울 보약이거든

하얀 눈

온 산천이 하얀 눈 이불 덮고 있는
한겨울 새벽
눈이 부시도록 산천이 아름다워
아픈 서방 이불에 싸서 보듬고
방문 열어놓고
"보소, 저 눈 산에 뛰놀고 싶제"

건강한 당신이라면 저 눈 쌓인 길을
한 번이라도 손잡고 걸어볼 낀데
그래도 아픈 당신이 내 옆에서
넋두리 들어줄 수 있어 고맙습니다
당신 눈물이 말 안 해도
나무작대기 같은 이 마누라는
다 알고 있소 수야아부지요

하얀 매화꽃

엄마 일 가는 길에 하얀 매화꽃
매화꽃 하얀 얼굴 곱기도 하지
봄이 오면 엄마 찾아 먼 길 오면서
엄마 엄마 부르며 품에 안기네

밭 매던 호미 놓고 엄마 혼자서
매화꽃 오솔길로 내게 오시네
밤마다 보고 싶은 하얀 엄마 꿈
매화꽃 딸은 엄마 품에 잠이 듭니다.

학처럼 날고 싶어라

이 여인 밭 매던 호미 놓고
섬진강 새벽안개 속의 학처럼
아름다운 오색 무지개 우산을 쓰고
그윽한 꽃 향을 한 아름 보듬어서
마음이 아픈 가정마다
다 나누어 주고 싶어라

이 여인의 향을 나눌 수만 있다면
마음의 찌꺼기를
다 버리고 갈 수 있는 이 여인의 향이
외로운 분들께 약이 될 수 있다면

우리 다 같이 손잡고 저녁노을 황혼에 불붙는
섬진강 굽이굽이 아픈 마음 다 버리고
보석 같은 모래 위로
한 쌍의 학처럼
훨훨 날고 싶어라

한 세상 그렇게 살걸

꼬불꼬불 소래길
동에 번쩍 서에 번쩍
헌신짝 흙 조배기로
여기까지 왔는데
어느새 머리에 하얀 꽃이 피었는가

찬바람에 주름진 눈가가
젖는 줄도 모르게
눈물이
소매 끝을 적시는가

황혼에 기우는 그대 모습아
그 곱던 모습 어딜 가고
흔적만 남아
저 산천에 꽃 물결 사람 물결
춤만 추는가
아~ 그렇게 살걸

할미꽃 여왕

유유히 흐르는 저 강물에
닳고 닳은 돌맹이 틈 사이로
고개 내민 할미꽃
동무들은 어디 가고 혼자되어
외로워하는가

기다려도 오지 않는 동무들 그리워
가시가 돋고 등이 굽었나
출렁이는 강물 따라 흘린 눈물에
달래주는 돌맹이들의 사랑으로
고개 들어 활짝 피어올라
끝없는 돌맹이 천국의 여왕으로
아름다움을 맘껏 뽐내라

행복

백운산이 품고
섬진강이 키운 매화꽃처럼
열심히 살아보래

봄의 새싹처럼
봄에 피는 꽃처럼
활짝 웃어보래

행복은 내 손에 있는걸
잘 알잖아

행복한 보리

가랑잎은
뒹굴고 날리며 찢기고 상처 나도
양지바른 논두렁 밑 포근한 품에서
보리는 얼마나 따뜻할까

밤새 내린 눈
우산 되고 이불 되어 겨울잠 재우네
비에 젖은 거름 밥에 빙그레 웃는 보리

아름다운 대지 위에
춤추는 보리 논두렁길을 걸어가면
아름다운 이곳에 내가 살고 있고
보리처럼 두 팔 벌려 마음껏 춤추고 싶어라

행복한 엄마

엄마가 밭 매는 동안
흙 묻은 손가락 입에 넣고
잘 노는 아이들의 웃음소리
떨어진 옷 구멍 난 고무신이면 어떻노
등 따시고 배부르면 행복이제

한 이불 속에 조랑조랑 눕혀놓고
머리의 이 잡아주는 엄마의 행복
밥숟가락에 김치 걸쳐 먹고 손가락 빨며
맛있다 소리에 행복한 엄마
엄마의 사랑은 어디까질까

손에 잡히지 않는
엄마의 사랑

호박꽃

호박꽃도 필 때는 예쁘드만
시들은 호박꽃은
나를 보는 듯 하네

한여름에 호박잎 따다 밥솥에 쪄서
강된장에 보리밥 쌈 싸서 먹어보래
이렇게 맛있는 게 또 있을까

못생긴 늙은 호박은
왜 이리 달고 맛 있노
겨울에 밤, 호박, 대추, 팥을 넣고
푹 삶아 찹쌀 넣어 끓인 호박죽은
참말로 둘이 먹다 한 사람 도망가 뼈도 몰라

김상옥 실장님

1988년 황인용 씨가 진행하는 MBC '세상사는 이야기'에
나를 출연시켜 홍쌍리를 세상에 처음으로 소개해준 사람
매실제품에 내 얼굴과 이름을 넣으라고 처음 권유한 사람
'홍쌍리 명인'을 위해 두 명의 농림부장관을 만나준 사람
대광출판사 김상철 사장에게 3천만 원 투자를 하게 해준 사람
힘들고 어려울 때 하소연을 들어주고 격려를 해준 사람

그렇게 인연이 돼 흙을 밥으로 사는 농사꾼이
MBC, KBS, SBS 등 방송을 타기 시작했고
'성공시대'에 출연했을 때는
삐까뻔쩍 성공한 출연자 중 20위를 뽑는데
농사꾼인 내가 20위 안에 들어갔다

지금까지 살면서
법정 스님은 이 비탈 산을 매화꽃 천국으로 만들게 하고
이병훈 군수님은 내 손발이 돼 군청 도청 허가를 받아주고
김상옥 실장님은 세상에 홍쌍리를 알려준 덕분에

오늘의 홍쌍리가 있습니다
이 은혜를 어찌 다 갚으리요

이병훈 군수님

다압 산꼭대기 집에서 광양군청까지 가려면 반나절
매실먹거리를 싼 보따리를 들고 군청에 세 번을 찾아가
'허가 좀 내달라'고 사정을 해도
'시디신 그 매실이 무슨 반찬, 음료수가 되겠냐'며 코웃음 친다

네 번째는 군수실로 쳐들어가
'군수님 좀 만나게 해 달라'고 애원해도
'지금 회의할 시간이라 안된다'고 한다
'5분 아니 1분이라도 좀 뵙게 해 달라'고 소리치니까
군수 방문이 열리는데
나는 영감인줄 알았더니 서른일곱 살 젊은 군수님이네

'왜 이리 소란하냐'고 묻는 틈에 문을 밀고 들어가
군수님 앞에 매실보따리 풀어 놓고
'이런 식품 만드는 사람인데 허가 쫌 내주이소' 했더니
군수님 위생과 직원을 불러
몸뻬 입고 검정고무신 신은 나를 가리키며

'이 아지매 얼굴을 봐요, 우리 광양의 얼굴이 될 수도 있겠는데
왜 내 눈에만 보이요' 하시며
'집에 가 계시면 연락드릴게요' 했다

군수님이 도와주신 덕분에
농촌지도소 소장, 군 지부장들의 사인을 받아
다음날 도청으로 가서 허가를 받았다

한참 후
전남도청 기획실장으로 계실 때
'홍여사, 만날 웃지만 말고 좀 울기도 해요'
'홍여사가 말 안 하면 도와줄 수 없으니 아쉬운 소리도 좀 해요'
하시기에
'예, 영화나 드라마 촬영을 많이 하니까 초가집, 기와집 짓게
쫌 도와 주이소' 했더니 그 자리에서 싸인 해줘서 지은 세트장
지원금보다 우리 돈이 엄청 더 많이 들어갔어도
너무 고맙고 평생 못 잊을 이병훈 군수님

지금은 국회의원이 돼
지역 사람들 아픈 곳 치료해주고 곪은 곳 수술해주는 의사
언제나 사리 분별이 분명하고
옳다고 생각하면 끝까지 밀어붙이는 황소

군수로 계실 때나
국회의원으로 계실 때나
한결같이 부지런하고 명랑하고 정이 많으신
이병훈 군수님
사랑합니데이

법정 스님 I

"불일암에서 온 법정이요"
"예, 꽃구경 잘하고 가이소 지가 좀 바빠서예"

3년째 오신 어느 날
"보살님, 그 어린 나이에 어떻게 매실 밥상을 연구했소"
'梅라는 글자는 나무목木에 사람인人 어미모母라 엄마는 자식
이 성장할 때까지 매일 신맛 매실을 먹이면 무병장수한다는
뜻이라' 하셨다.
"스님 제가예, 밭 매다가 부예낌에 매실을 호미로 쫓아서 풀
물 흙물 묻은 더러운 손으로 주물러 보니 깨끗해지대요. 또
돼지고기 먹었던 그릇을 절구통에 빻은 매실로 닦으니까 기
름기가 싹 없어지는 걸 보고 '아, 나는 사람 뱃속 설거지 해주
는 청소부 될란다' 마음먹었지예. 그랬드니 우리 시어매가
'저게 영 미쳤네' 그랍디다"

법정 스님 II

사월초파일. 길상사 앞에서 기정, 창희를 만나 법정 스님 계
시는 곳을 물어 요사채를 찾아가니 죽담에 신발이 많다. 사
람들 둘러앉아 차 마시는 걸 보고 나는 청에 걸터앉았는데
스님이 내 손을 잡고 사람들 가운데로 들어가 옆에 앉히고는
'처사님들 보살님들 홍 보살 손 좀 봐요. 그 비탈진 산에 매화
꽃 심느라 고생한 손. 여러분들 한번 가보면 정말 아름다운
꽃 천국을 만든 이 손' 하신다. 차를 따르며
"좋은 차니 마셔 봐요"
인사를 하고 나니 촌사람이 그 방에 앉아 있기가 불편해서
"스님 기차시간이 다 돼서예"
"나랑 밥 한 술 뜨고 가지 그 먼 데서 왔는데"
"그냥 갈라고예"
일어서는 내 손을 잡고 따라 나오시며
"그냥 가니 내 마음이 안뗗네"
사립문 밖까지 배웅해주시는 스님, 내려오다 뒤돌아보니
"홍 보살 조심히 가잉 조만간 한번 내려갈게"
옆 보살님들이
'스님 저런 모습 처음 보네' 하는 소리가 내 귀에까지 들린다

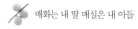 매화는 내 딸 매실은 내 아들

법정 스님 III

순천 왔다가 들렀다시며
"홍 보살 집 앞에 저 큰 건물은 뭔가.
강 건너 저 큰 산 숫놈 학이 섬진강 먹거리 알을 품고 있는
이 터에 암놈 먹으라고 계속 물어다 줄 건데 큰 건물이 집 앞
에 버티고 서 있으면 어찌 물어다 줄 것인가. 집 뒤 큰 산은
울타리가 되지만 집 앞이 막히면 안된다. 힘들어도 뜯어라"

집 앞 큰 건물은 가슴이 답답하고 명당자리는 몸과 마음이
편한 곳이라며 37년을 재죽재죽이 알려주고 바르게 살도록
가르쳐주신 법정 스님

법정 스님 IV

"홍 보살 여기다 뭘 할려고"
"예, 먹거리 만들 집 지으려고요"
"가을 낙엽이 어디에 많이 쌓였소"
"여기요"
"그럼 창고 지어야지"

스님은 살펴 보시더니
"저쪽 8평은 작은 공간이지만 이 자리가 건강한 먹거리 성공
할 자리네"
7일 후 다시 오셔서 집 앞을 살피시더니
'들어오는 길이 열십자는 기가 빠지고, 곤곤하며 복이 다 흐
르니 오른쪽으로 문을 내라' 하여 나는 이튿날 들어오는 길
공사를 했다.

또 어느 날은
장독간 돌담을 쌓는데 돌담을 모나게 쌓으면 허물고 다시 쌓
으란 말씀에

두루뭉술 쌓은 돌담 보시고는 '장독간 터가 사람이 먹으면
약이 될 터'라며 흐뭇해 하셨다
"홍 보살은 하나를 알려주면 둘을 만드니 더 알려주고 싶고
멀어도 자꾸 오게 되네"
"아이고 스님 이 은혜 어찌 다 갚을까요"
"저 비탈진 악산 돈 되는 밤나무 다 베고 매화꽃 심자 한다고
군담없이 다 해낸 보살이 더 고맙제"

법정 스님 V

제주도 계실 때
'스님 몸이 아플 때는 병 니가 이기나 스님이 이기나 병과 싸워서 이기십시오'
'전쟁에 2등은 없으니까 꼭 이겨내서야 합니다'

나는 스물아홉 살 때 3월에 수술하고 7월에 재발했는데
수술하신 황순경 선생님이
배를 열었다가 그냥 닫으려 했지만 스물아홉 살 젊음이 너무 아까워서 수술을 해놓고 마스크 벗음서 '살면 천명, 죽으면 제명'이라고 했다. 나는 우리 막내 고등학교 졸업하도록만 살게 해달라고 빌었다. 엄마 없는 삶을 살아봤었기 때문이다. 의사 선생님이 '입이 맛있는 것은 세균과 염증이 좋아하고, 입이 맛없는 오미오색은 오장육부가 좋아한다'고 했다.

내 약국은 산에 있고 밭이라서 가끔 반찬을 해서 보내드리면
스님은 한참을 전화기를 놓지 못하고 한숨을 쉬시며
'홍 보살 이 은혜 어쩌면 좋나' 하셨다.

길상사에서
많은 사람들이 스님 방문 앞에 섰는데
젊은 스님의 안내를 받아 방에 들어가 보니 치료를 받고 계
셨다.
'아이고 그 먼 데서 여기까지 왔냐' 하시며
반가워하시던 스님

법정 스님
많이 보고싶습니다.

눈감고 3년

눈 감고 3년/귀 닫고 3년/입 막고 3년/석삼년 살면서 못 봤다 못 들었다 살고 보니/여자는 어디 가고 지게 작대기 같은 삶을 살고 있네/버려진 헌 옷 보따리 이고 산꼭대기에/옷 보따리 청에 던지면서 도망 나와라 그렇게 편지 썼건만/언니야 병든 김 서방 어린 새끼들 어쩌라고/아 낳기 전에 나와라 안 하드나/언니야 돈도 없고/니 꼬라지 이게 뭐고 울다가/쓰레기통에 운동화가 있길레/수야 신겨라/이 집 저 집 헌옷 얻어왔다 입혀라/처녀 때는 자존심 강하고 멋쟁이던 니가 어쩌다 이렇게 사노/하동서 옷 보따리 이고 이 산꼭대기까지 오는데/너무 멀어 옷 보따리 강물에 던져 삐고 싶더라/

언니야 보리밥에 된장 넣고 비벼 먹자/언니는 저 새끼들 무슨 죄 지었다고 이렇게 먹있노/언니는 울다가 내 눈물 닦아줌서 실컷 우는데/내 새끼들 세 명이 엄마 와 자꾸 우노 엄마/언니 편지 받고 아버지께 부산언니 집에 좀 살다 올게예/세 번이나 밥상이 마당에 때기장 처삐고/병든 서방 새끼들 불쌍하지도 않냐며 우시던 아버지/야야 살다 보면 좋은 날

도 안 있겠나/미안하다이 먹을 보리밥이라도 넉넉하다면 좋
을 낀데/언니는 니 고무신이 구멍이 났네/장날 떼워 신으면
되고 옆이 터진 것은 천 대서 꿰매 신으면 된다/잠을 자면서
언니가 아버지 생일 때 안 오나 해서/하동 진주 마산 수산 밀
양 범복까지/해질 무렵 되어 아버지 집에 들어가니/언니 퇴
근 정근은 방에 앉아서 내가 와도 나와 보지도 않더라/하얀
얼굴 메이카웃에 좋은 구두 금반지 금목걸이 너무 부러워
서/나는 고무신에 머리는 둘둘 말아 삔으로 꼽고/너무 서러
워서 집 뒤 안에 가니 영자가 울고 있길래 나도 같이 울었다/
생일날 아침 밥상에서/차비가 없어 못 오면 아버지가 차비
줄게/아버지 못 오는게 아니라 안 올깁니더/내가 잘 살기 전
에는 안 옵니더/너무 서러워서 목구멍에 밥이 안 넘어 가네/
세월은 흘러 아버지 돌아가시고/아버지요 이 딸 잘 사는 것
보고 돌아가시지/아버지 원망 많이 한 이 딸/그 긴 아픈 세월
잘 참고 살면서/이제는 아버지 원망보다 낳아주셔서 감사합
니다/언니야 수야 고등학교까지 잘 키워줘 정말 고맙데이

조상님의 밥상

있는 집이든 없는 집이든
간장, 된장, 고추장, 김치, 밥, 된장국
먼저 간장 한 숟갈 떠먹고 고추장 찍어 드시고
예방주사보다 더 좋은 간장 된장

밥상의 어른이라서 봄 새싹을 된장에 주물러 먹고
된장에 쌈도 싸먹어 보래 쌉싸름 이 맛이 보약이다

여름에는 짭짤한 강된장에 밥 비벼 먹음서
비트 열무김치 국물 떠먹어보래

오미오색 다 든 김장김치에 수육 쌈 싸서 먹을 때는
서로 먹으려고 눈이 돌아가제
촌 음식 풀 이파리가 맵고 짜고 시고 떫고 쓴 맛일지라도
다 보약이고 소화제 아이더나

겨울에는 뜨근뜨근한 시래기 국에 밥 말아 먹어보래
간이 좋다고 춤을 추제

간간한 된장에 시래기나물 주물러 밥에 걸쳐 먹어보래
혓바닥이 춤을 추고
돌아서서 방귀 한방 뀌고 나면 소화 다 되삔다

밥 한 사발 된장국 한 대접 배불리 먹고
일 시작함서 궁딩이 흔들면
야 이 여편네야 궁딩이 자꾸 흔들면 배꺼져서 우짤끼고
새참 먹지

새참 먹은 양재기를 호미로 뚜디리 팸서
궁딩이를 흔들어 제끼면서
와 이리 좋노 와 이리 좋노
먹을 것 없어 된장 김치만 먹어도 와 이리 좋노

양재기가 다 오그라져도 참 좋다
도시사람들 보기에는 걸뱅이 같아도 정으로 사는 이 행복을
울다가도 웃게 해주는 우리 동네 어르신들 덕분에
여기까지 왔습니다

돈 있다고 으시대지 마라

부자 소리 들을 때 더 다소곳이 살자
있다고 시건방 떨지 말고

있을 때 사람 울타리 되면
대문 울타리가 없어도 마음 편히 살 수 있다 아이가
없다고 기죽지 말고 더 열심히 더 부지런히

호롱불만한 희망이 촛불만큼 밝아지고
미친 듯 더 열심히 살다 보면
전기불 만큼 밝은 날도 오더라

이 시대 젊은이여
삶의 용기는 마음먹기에 있더라
용기를 포기하지 말고
온갖 삶의 파도는 50대 안에 다 겪어삐라

내일은 꼭 해가 뜬다 아이가
젊음아 이 할마시 말 한번 들어보래

피신한 아버지

그 먼 산속 용신암에 아버지를 피신 시켜 놓고/어둠이 깔린
소래길 내려옴서 뒤돌아보면/바람에 희미해진 등잔불 보며
흘린 눈물/야야 광산 때문에 그 많은 빚을 혼자 감당하기 너
무 힘들고 많이 시달리제/예 돈 내놔라 밤나무 산이라도 내
놔라 이자는 언제 줄거냐며 쥐어뜯어서 머리를 가시개로 깎
아뺐어예/아버지는 쓰고 있든 수건을 벗겨보시고는/땅을 치
며 산천이 같이 울도록 통곡하시는데/아버지와 며느리 울음
소리에 고요한 산 속이 울음바다/아버지 눈물 홈치시고 담
배한대 태우시고는/야야 수야 애비는/예 순천병원에서 산소
호흡기 빼고 잠든 거 보고 왔어예/

45만평이 빚에 다 넘어가고/남은 뒷산이 내 목숨이다 생각
하고/매화 심고 안 죽을 만큼 일하면서 남은 2,700만원 갚으
면 만세 부를끼다/아버지 건강 때문에 보약을 석재 째 짓는
날/시아버지보다 내 맥을 짚어 보던 원장님이/걱정을 털어
삐야 살겠는데/원장님예 요새는 가끔 잠자다가 숨을 못 쉬
겠어요/숨 쉬기 너무 힘들어 주먹으로 가슴을 뚜디리 패면

숨을 좀 쉴 수 있어예/아버지는 야야 요새 니 낯이 와 그래 허옇노 어데 아프나/온 식구가 니만 보고 사는데 아프면 절대로 안 된다/미안타 또 눈물 훔치시는 아버지/광산이 뭐길래 눈물로 살게 하고 몸과 마음을 병들게 하노/너무너무 힘들 때 남들 들을까봐 흐르는 물고랑에서 통곡할 때도 참 많았제/아 이 가시밭길 언제쯤 끝이 있을까

그래도 아버지를 의지하고 살아온 내 젊음/아버지가 딸같이 사랑해주시고 키워주신 덕입니다/힘들 때마다 아버지 산소를 찾아가/아버지 며느리 어떤 험한 길일지라도 잘 헤엄쳐 나올 수 있게 용기 주이소/아버지 못 다 이룬 이 산천을 꽃천국 만들어/아버지처럼 보고 싶은 사람이 되게 하소서

자식 같은 매실

1966년, 태어나서 처음 콩밭 매는데 눈물에 콩잎이 다 젖네
새각시 예쁜 손은 간 곳 없고 풀물 흙물이 든 손을 보다가
부예김에 매실을 한 주먹 따서
호미로 매실을 쪼며 울다가 울다가
매실 쥔 왼손이 깨끗해진 걸 보고
두 손으로 매실을 주물러 보니 깨끗한 손

한 번은 돼지고기 먹었던 그릇을
시어머니가 짚을 둘둘 말아 재를 묻혀 닦는 걸 보고
나는 절구통에 매실을 빻아서 한 주먹 쥐고
씨~익 닦아 보니 깨끗해 졌네
와~ 나는 사람 몸속을 씻어주는 청소부가 될란다 하니
시어머니는 '저것이 영 미쳤네'

왜 매실을 빻아서 문지르면
손에 풀물 흙물이 지고 기름기 있는 그릇이 깨끗하게 질까
많이도 궁금했다

설탕이 귀하던 시절
사카린, 당원, 소금을 사용해 실패도 수없이 했다
설탕을 본 순간 나는 미친 듯이 매실 밥상을 연구했고
냉장고 없던 그 시절
대나무밭에 토굴을 파서 저장하거나, 항아리를 땅에 묻어 저
장했다

동네 사람한테 '시디 신 저 매실에 미쳤다'는 소리 들으며
혼자서 연구하다 어쩌다 먹을 만해서
일오는 사람 먹어보라 하면 입에 넣자 뱉어 버리고 욕 듣고
돈 되는 밤나무 베고 돈 안 되는 매실 심더니 꼬라지 좋다.

66년 유월에 시작해 94년 허가 낼 때까지
매실에 미친 여자라고 별 욕을 다 들어도
매화꽃 피면 행복하고 밥상을 약상으로 만들어준 매실
건강을 지켜주고 나의 아픔을 없애준 매실은
하루도 안 먹으면 못사는
가장 소중한 자식 같은 매실

눈물 바우

남들 밥 먹을 때
눈물 바우돌에 앉아 수건으로 입을 막고
흐느껴 울고 있으면
아버지는 밥 드시다 며느리가 안 보이니
찾아와서 어깨를 다독여 주심서
'야야 이 시애비도 어매 없이 니 서방도 어매 없이
니도 어매 없이 컸으니
어매 없는 손자는 만들지 말자이'

아버지와 며느리가 흘린 눈물에
눈물 마를 날 없는 바우돌에 누워
울다가 잠이 들면 따신 햇빛은 이불로 감싸주고
바우돌은 따신 온돌방같이 나를 보듬어 주고
내 마음 달래주는 새들은
'엄마 인자 그만 울고 웃고 잘 살자' 하네

저 강 건너 버스가 지나가는데

엄마 없는 친정이라 갈 곳이 없어
굽이굽이 흐르는 저 강물은
이 여인네 흘린 눈물이 보태져 맑고 아름다운 강물이 되었나

아버지

'야야 수야 에미야
세상에 제일 큰 가난은 엄마 없는 가난이다
짚단 속 형아 품에서 춥고 배고픈 설움에 흘린 눈물에
짚단이 다 젖는 줄 알았다' 하시며 우시던 아버지

힘들 때 아버지 산소 잔디 옷이 다 젖도록
눈물로 아버지를 부르고 또 불렀는데
지금은 그 무엇으로 아버지께 드릴까예

아버지 이 며느리한테
인자는 눈물 말고 웃음꽃 선물 좀 하이소
예 아버지

2

헝클어진
내 운명

기다리던 그 사람은 소식도 없고

긴 세월 혼자서 구시렁구시렁 불러보다가

여인의 눈물은 저 강물에 흘러 어디로 가는지

51년 머슴살이 너무 서러워 울다가 울다가

매화꽃 딸 안고서 잠이 들었네

내가 숨 쉬고 살 수 있는 이곳

춥다 덥다 말없이 이 산천을 잘 지켜줄
산신님 같은 바우돌은
봄이 오면 매화꽃 가시나 가슴에 품고 기다린다

매화꽃 가시나야
너 보고 싶고 그리워서 눈이 빠져삐는 줄 알았다
아무도 보는 이 없는 이 봄날 사랑을 속삭이다
가을이면 꽃잎을 날리며 떠나버린 매화꽃 가시나

찬 서리에 말라버린 들꽃들 이별처럼
봄이 오면 내 가슴에 꽃이 피고
가을이면 찬 서리 같은 마음의 찌꺼기

해마다 다시 피는 향기 있는 매화꽃처럼
보고 싶은 사람으로 살고 싶어라

엄마 품 같은 바우돌

처음 시집 와 밥주걱 양은 밥그릇이 너무 커서
밥 푸는 게 서툴러 야단맞고 울고
반닥지 가져오라는데 산태미 가져오니
어머님은 쫓아가서 항아리 뚜껑을 들고 와서는
'이것도 모르면서 시집은 왜 왔냐'

한 번은 등목하시고 등지개 가져오라길래
정지에서 아무리 등지개를 찾아도 뭔지 몰라 중발을 가져오니
어머님은 맨발로 안방에 들어가서 삼베적삼을 들고 나오심서
'아이구 복장이야. 뭘 배워서 시집왔냐'

일 잘하고 말귀 잘 알아듣는 촌가시내 천진데
아무것도 모르는 도시 가시내 데려와서
날 골병들어 죽이려고 그런다고
새벽마다 아버지 방에서 따지던 어머니

어머님 말씀은 법이라
물어보면 '그것도 안 배우고 시집은 왜 왔냐'고

멀리서 어머님 차고 다니시는 열쇠 소리만 들어도 가슴이 두
근두근
시어머님 부에 나시면
청 바닥 치시다 쓰러져 기절하고
팔다리 주물러 드림서 잘못했다고 빌고 또 빌어야
'야 이 인간들아 날 부에질 채우다 내 죽는 꼴 볼래'
입가에 거품을 닦고 물 한 사발 마시고 잠 한숨 자고 나야 전
쟁 끝이다.

어머님은 조금만 부에나도
넘 낳은 자식 며느리한테 악을 쓰는 성품
서방님은 마누라 우는 꼴 보기 싫다고
아픈 몸으로 술 노름 약에 의지해 며칠씩 집에 안 들어오고
눈물로 산 11년
내 새끼들 때문에 안 죽을 만큼 눈물로 산 세월
시어머님께 야단 들을 때마다 눈물 한숨 다 받아주는
엄마 품 같은 바우돌 있어 내 살았다 아이가

내만큼 식구 많나

내만큼 아들 딸 많고
내만큼 행복한 사람 있으면 나와 보소

자고 일어난 새벽이면
집 뒤 대나무밭에 온갖 새들 노래 소리
해 질 무렵이면 풀벌레 노래 소리
밤이면 귀뚜라미 자장가 노래 소리에 잠이 들고
일하다 나무 그늘에 잠깐 눈부침은
매미 노래 소리에 오늘 하루 피로를 풀 수 있는 낮잠

저 산천 푸름은 내게 힘을 주고
저 꽃들은 내게 밝은 웃음을 주고
저 고랑 물은 내게 목마름을 적셔주고

이 산골 일만 군사들 중
나는 여왕벌이다

내 하나의 희생

내 마음 의지할 곳 없어 산꼭대기에서 일하다 울다가
철없는 24살에
앞은 지리산 뒤는 백운산
섬진강 새벽안개 솜털 이불 덮어 놓은 듯 아름다운 이곳에
사람이 그리워서 매화꽃을 심었다

5년이면 꽃이 피겠지
10년이면 소득 있겠지
20년이면 세상사람 내 품에 다 오겠지

외로운 산비탈에 홀로 핀 흰 백합꽃처럼 살기 싫어
매화꽃이 좋아서 청매 홍매 백매 심어
매화야 니 내 딸 할래
울다가도 매화꽃만 보면 노래도 글도 쓰게 되더라

매화꽃 사이 노랑히어리꽃 생강꽃 피면
꽃 잔치에 사람들은 온 산천에 웃음꽃

복숭아꽃 살구꽃 아기진달래꽃이 피면 내 낯은 싱글벙글

홍송 소나무 푸른 동산 내 꿈 용기 주는 소나무
비탈진 산 산사태 날까 봐
맥문동 2500평 꽃이 피면 벌 나비 먹거리 잔치가 아름답네
군락으로 핀 상사화 왕관 같은 고고한 자태가 예쁘지만
너무 거만해서 밉다

온 산천에 금목서
황금 같은 꽃 향이 온 산천 향수를 뿌려 놓듯 향이 좋아서
은목서 하얀 꽃 향은 은은해서 좋고

바우돌 머스마와 구절초 가시나는
아무도 보는 이 없는 달 밝은 밤에 사랑을 속삭인다
바우돌 머스마야
어제 밤이슬에 머리 곱게 빗고 낯 씻었는데 내 이쁘나
바람에 흔들릴 때마다 바우돌 머스마는

구절초 가시나야 살살 보듬어 도라 해라
예쁜 니 낯에 멍들라

어느 날인가 바우돌 머스마야
어제 밤 찬 서리에 내 죽고 나면 내 보고 싶어 우찌 살래
바우돌 머스마는 구절초가시나 보듬고 울면서 흘린 눈물에
바우돌 이끼옷 다 젖고 말았네

향유야
엄마가 보고 싶어 가슴에 멍이 들어 보랏빛 꽃이 되었나
향유 꽃아 니도 엄마가 있었다면 그자
꽃 오솔길에 조상님이 남겨준 선물
돌담 쌓다가 돌에 찍혀
피 나고 손톱 밑이 터진 손가락마다 반창고가 약이데

이렇게 가꾸다 보니 자연은 천국
오시는 분마다 천사가 되어 가시라고

내 젊음 다 바쳤다

일 년에 백만 명 넘는 사람 울타리 백만장자

보고 싶은 사람 되고 싶어서

오시는 분마다 꽃같이 활짝 웃고

아름다운 꽃 향을 가슴 가득 보듬고 가서서 행복 하이소

황순경 선생님

스물아홉 살 3월에 큰 수술을 했는데
7월에 재발해 두 번째 수술
마취 전에 내 새끼들 얼굴이 앞을 가려

의사 선생님 우리 막내 고등학교 졸업할 때까지만 살게 해주
이소
제가 엄마 없는 삶을 맛봤기 때문에에

4시간이면 끝난다던 수술이 5시간 넘어 끝났다.
황순경 선생님은 마스크를 벗으면서 내 손을 꼭 잡고
살면 천명 죽으면 제명인데
배를 열어보니 너무 유착이 많이 되어
수술 안 하고 도로 꿰매려다 내 얼굴을 보니
29살이 너무 아까워서 수술을 잘한다고 했는데 걱정입니다

오른쪽 팔에 혈액주사 왼쪽 팔엔 영양주사
소변 호스까지 달고 입은 말라 죽겠는데

의사선생님이 가스가 나와야 된다고 해서
억지로 일어나 한 발 두 발 세 발도 못 가서 가스가 나오니
의사선생님이 잘 됐네 이젠 살겠네

황순경 선생님은 출퇴근 때마다
좀 어떻습니까 옆 사람이 부러워할 정도로 챙겨주시고
퇴원할 때도
홍 여사 아무리 멀어도 7일에 한 번씩은 검사합시다
그리고 입이 맛있는 것은 뱃속에 염증 세균이 좋아하니까
촌에서 맛없는 것 먹는 연구하라고

아무리 고기가 먹고 싶어도 이불 둘러쓰고 울면서 참았다
수술 뒤에는 멸치젓 들어있는 김치랑 비린내 나는 것은 일체
안 먹고
오장육부에 좋은 오미오색 맵고 짜고 시고 떫고 쓴 것만 먹
었다
오장육부가 좋아하는 내 보약은

산에 있고 밭에 있더라

흙은 밥 풀잎은 반찬 개울물은 숭늉
밭은 내 넓은 가슴 야생화는 내 심장
흐르는 도랑물은 핏줄이더라

농사는 작품이고 밥상은 약상
뱃속 설거지 잘하고
미움 증오 욕심 버리고 살면서 날마다 기도했다
우리 막내 고등학교 졸업하도록만 살게 해달라고

내 몸속에 얼마나 염증이 많았으면 3년을 기저귀를 찼다
황순경 선생님은 음식 관리 너무 잘 해줘서 고맙다 하시네
먹었던 빈 그릇은 수세미 퐁퐁으로 뽀득뽀득 씻으면서
온갖 좋은 것 다 먹어주는
세상에서 제일 더러운 뱃속 설거지는 매실농축액이더라

자고 일어나서 한 숟가락 물 한 컵
저녁에 잠잘 때 따듯한 물에 한 스푼
류머티스가 낫는 걸 보니
염증에도 좋다는 걸 알았다

수술한 후 51년 동안 먹는데 종합검진에 별 탈 없는 걸 보면
매실 농축액과 풀밭밥상 덕이라 여깁니다
황순경 선생님 시킨 대로 다하고 보니 오늘이 있습니다
지금도 하루 8시간을 산에 밭에 일 잘하고 산답니다
황순경 선생님 진심으로 고맙고 감사합니다

아기 가졌을 때

첫 아이 가졌을 때는
군만두가 먹고 싶어 이불 둘러쓰고 울고
둘째는 잡채 먹고 싶어 울고

셋째는 풋고추 따 먹다 들켜
여자가 고추 따먹는다고
시어머니가 얼마나 큰소리로 야단치시는지

달생 도련님이 뒤 안에서 삼발 위에 냄비쌀밥을 해놓고
형수 엄마 오기 전에 어서 쌀밥 한번 떠먹어 보소
풋고추도 따왔다
도련님 고마워요

도련님이 쌀을 안 일어 돌이 너무 씹혀 물에 일어서 먹다가
시어머님께 들켜
철없는 시동생 시켜 몰래 쌀밥을 해먹었다고
아기조차 가져서 이게 무슨 짓거리냐고

시동생은
엄마 형수가 너무 보리밥을 못 먹어서 내가 했다
형수보고 자꾸 뭐라 하지 마라 엄마

한 번만 더 이 짓거리 하면 그때는 가만 안 둘끼다
아 조차 배 갖고는 못돼 먹은 인간이네 하며
그 많은 사람들 들으라고 더 큰 소리치시던 시어머님

나는 바우돌에서 얼마나 울고 또 울었는지

밥

일하다가 시장하면
두 손으로 도랑물 떠 마셔도
자식 입에 밥 들어갈 때는 너무 좋더라

걸어 놓은 소쿠리의 보리밥
한 숟가락 떠먹으면 목구멍에 먼저 넘어가뿔고
된장은 뒤에 넘어가고
금세 다 먹어뿔고 찬물 한 투바리 마시네

기영아 그새 밥 다 먹어뿟나
엄마 밥이 입에 들어가면 바로 넘어 가뿐다
너무 맛있어서

밑 없는 바지 입고 청 바닥에 드러누운 내 새끼
조금만 쌀 섞인 밥 먹일 수만 있어도 참 좋을 낀데

아픔

세월 먹어 허물어진 산길이나
늙어가는 내 모습이나
다를 바가 뭐 있든가

허물어진 산길이나
다쳐서 늙으면 힘없는 다리
건강하고 힘 있을 때 좀 고쳐가며 살 것을

죽어지면 흙 될긴데
다쳐서 아프면 된장이나 찍어 바르고
병원이 너무 멀어서
내 몸은 헌신짝처럼 아프면 아픈데로
뱃속만 안 아프면 죽기야 하겠나
멍청한데는 약도 없다
야 이 여자야

어둠 속에 숨어 있는 돈

어쩌다 아이가 생겨 도망도 못 가고
밤마다 나무 밑에서 울다가
방에 들어와 보니 아이를 보듬고 울고 있는 서방님
다이나마이트에 타들어 가는 불을 끄고는
수야 아부지 와 이라노
당신 도망간 줄 알고 내 새끼 내처럼
엄마 없는 서러움 받고 사느니 같이 죽을라고 그런다

그날부터 도망은 포기하고 사는데
일본 시숙님 광산사업에 있는 돈 다 대다 돈 빌리기 시작
한 달에 2~300만원 있어야 월급 주니까
돈 있는 집마다 다 빌리고 보니
이자는 거무작에 불붙는 것처럼 불어나고
동네 소문에 김오천 광산에 돈 대다 죽게 생겼네

이자라도 갚으려고 섣달 그믐날도 돈 빌리러 다녔다
이 집에는 떡 치는 소리

저 집은 부침개 맛있는 냄새
집에 올라오는 다리 밑 고랑가에서 한없이 울다가 낯 씻고
와서
김샌 이자라도 받으소 어르신 이자라도예

설인데 내 새끼들 맛있는 것도 못 해주고
쌀 한 되 사서 제사상에 밥해놓고 밥 먹음서
엄마 이래 맛있는 밥 처음 먹어 본다
엄마 니도 자꾸 울지 말고 쌀밥 한 번 먹어봐라 엄마
나는 아이들 보듬고 설 밥상 앞에서 엉엉 울었다

밤낮없이 거무작에 불붙은 것처럼 이자는 자꾸 불어나고
빚쟁이들이 돈 백만 원 빌려줘 놓고
천만 원 넘는 밤산을 250만원 그것도 외상으로
나머지 150만원은 내년 가을밤 팔아서 준다네
그렇게 안 해주면 지금 100만원 내놔라

쥐어뜯기기 싫어서 철없이 미제 야전잠바 스모르바지를
11년을 입고 동네 가면
수야엄마가 아닌 상의용사란 별명에
여자는 어디 가고 상의용사란 이름표를 달고 다닐까

돈도 다 못 받고 밤산은 빚쟁이에게 다 넘어가고
거무작은 타고 나면 재라도 남는데
불덩이같이 불어난 돈은 돈대로 땅은 땅대로 흔적도 없어
울다가 울다가 걸어가는 이 악산

끝은 보이지 않고
몸에 병만 남아도 아버지 시숙님 원망보다
내 팔자다 생각하고
부모복 없고 서방복 없는 내같은 팔자 말고
부모복 있고 서방복 있는 여자로 한 번만 살아 봤으면
눈물로 산 세월도 좋은 인연 덕으로
주름사이 웃음꽃도 피대예

잘 살 때는

잘 살 때는 인사라도 하는데
어느 날인가 못살게 되니
청소할 때 빗자루로 쓸어버린 먼지같은 존재더라

독침 같은 소리 들을 때
더 열심히 노력하여 잘 살라는 뜻으로 듣고
여름이면 밤마다 평상에 누워 저 별처럼
내 삶도 반짝이길 꿈을 품고 산 하루하루

내 꿈은 별처럼 빛나고
온 세상을 밝혀줄 햇님 같은 마음
어두운 밤 관심 좀 가져달라는 달님 같은 사람
이렇게 살수만 있다면
삶이 편안하고 행복할 낀데

우리 할매

장작불 타는 아궁이에
손 녹여 주던 우리 할매

배 아플 때 따끈한 아랫목에서
배 만져 주던 우리 할매

빈 젖 물려 잠재워 주던 우리 할매

엄마 보고 싶어 울면 같이 울던 우리 할매

어린 시절 생각나 눈가가 젖을 때가 참 많았제

이 나이에도 잊을 수 없는 우리 할매

지금도 눈에 선한 우리 할매

헝클어진 내 운명

가시넝쿨에 감겨 엉킨 어린 매화나무는
넘어져 울면서 좀 살려 달라고
나는 가시개로 다 짤라 풀어주고

매화나무야
헝클어진 내 운명 다 풀어내는 세월이
너무 멀고 내 가슴은 눈물에 다 젖어
그 세월이 30년이 넘어가더라

그래도 50대 안에 삶의 아픈 연습을 맛봐서
작은 돌부리도 조심이 되더라
또 넘어지면 못 일어날까 봐
조심 조심 조심

혼자서

매화꽃 언덕 눈물 바우돌에 앉아서
기다리던 그 사람은 소식도 없고
긴 세월 혼자서 구시렁구시렁 불러보다가
여인의 눈물은 저 강물에 흘러 어디로 가는지
51년 머슴살이 너무 서러워 울다가 울다가
매화꽃 딸 안고서 잠이 들었네

가을 들꽃 단풍

노란 은행잎 저고리에
빨강 가을 단풍 치마 입은 아름다운 가시나들
가을바람에 춤추는 모습에 반해 버린 소나무는
가을 들꽃 향에 취하고

곱디고운 단풍잎 빨리 떨어질까 봐
바람막이 울타리로
든든한 소나무 머스마는
들꽃아 단풍들아 니들 떨어져 뒹굴면
소나무 머스마 가슴이 멍들도록 아프데이

내년 가을 다시 만날 그날까지
눈보라 휘몰아치는 추위에도
한 눈 팔지 않고 버티고 서 있을게
내 사랑하는 들꽃아 단풍아

국민학생 아들 딸

코딱개 손수건 앞에 이름표 달고/책 보따리 짊어지고 학교
가는 아들딸들/운동장에서는 앞으로 나란히/선생님은 하나
둘 학생은 셋 넷/교실에 들어가 ㄱㄴ을 배운다/집에 쫓아 들
어옴서 엄마를 불러 댄다/엄마 보리방아 찧고 있다/엄마 여
기 쪼깨만 앉자/와/엄마 젖 쪼깨만 빨자/빈 젖 빨면서/엄마
학교 가서 엄마 젖 먹고 싶어서 죽는 줄 알았다/엄마가 달아
준 손수건에 코 닦았나/엄마 잊아뿔고 또 소매 끝에 코 닦았
뿌다/학교 갈 옷까지 소매 끝에 코가 반들반들하면 어쩔끼
고/엄마가 씻어주면 되지/엄마 배고프다/보리밥 한 그릇 뚝
딱 먹고는/골목 담장 밑 양지쪽에서 줄넘기 땅 따먹기/저녁
밥상머리 둘러 앉아 먹는 보리밥/웃음꽃 피는 초가집/호롱
불 밑에/엄마 무릎에 머리를 베고/딸 머리에 이 잡아주는 엄
마/무명 이불 속에 아들 딸 골라 잠재워 놓고/궁둥이 한 번
씩 뚜디리주면 자다가도 빙그레 웃는 아들딸들/서방님은 밤
늦게까지 새끼 꼬다/시장하면 동김치 국물에 고구마를 뚝딱
먹고/잘 먹지도 못하는데 아이는 연년생으로 태어나도/재미
지고 행복한 초가집의 호롱불도 좋아서 춤을 추더라

물 나무 사람

얼음 속에서 흐르는 물은
돌에 부딪치고 나무뿌리에 부딪쳐
아파도 말을 못할 뿐이지
도랑물아 니들도 아프지

도랑물 흘러흘러 강물 품에 안겨 넘실대며 놀다가
유유히 흘러 바다를 만나 세상 구경 잘 하듯이
사람도 촌에서 태어나 흙에서 뛰놀다가

딱지치고 구슬치고 놀다가
철들면 서울로 도망 가뿔고
산에는 고목나무만 살고
마을에는 늙은 할매들만 산다

어쩌다 자식들 오면
농사지어 좋은 거 다 퍼주고 싶은 부모는
조상님 제사 잘 모시고 산다

우리 대 끝나고 나면
누가 밭 갈고 씨앗 뿌려 가꾸고 살 것인가
자식 낳고 키우던 둥 따시고 배부른 이 집을
그 누가 지킬 것인가

들꽃

한 송이 들꽃처럼 살아온 내게
저 들꽃 아들 딸 식구들 없었다면
내게도 웃음이 있었을까

벌 나비가 찾아올 꽃이 없었다면
내 모습은 어쩌고 살았을까

새 소리 매미 소리 귀뚜라미 소리에
너울너울 춤추는 고추잠자리를 봐라
나도 저렇게 춤추고 싶은 마음
저 노래 소리에 나도 따라 노래 부를 수 있어 참 좋네

누가 가르쳐 주지도 배우지도 않은 저 자연은
내 마음속 먹구름 다 씻어 줄 니들이 있어
외롭지 않은 山여자가 되었제
내가 니들 품에 갈 때까지
니들은 내 아들딸
내 식구인 걸 알고 있지야

배추 농사

배추 씨앗 심어놓고 삼사일이면
뽀쇼시 세상 밖으로 싹이 나온다

아침이슬에 젖어있는 배추 잎 속에서
신나게 갉아먹던 벌갱이는
불 땐 재를 뿌려주면 못 살겠다고 발버둥 치고

배추는 예쁜 화장을 하고 거름 밥 먹음서
바람에 춤을 추다가
또 달팽이가 조랑조랑 배추 잎 다 갉아먹고
깡탱이만 남아 다시 심을 때

달팽아 맛있으면 니도 먹고 나도 먹는데
니 좀 작게 먹으면 안 잡을게
인건비가 너무 많이 들어서

소쿠리 들고 어데 가노

소쿠리 들고 어데 가노
시장 간다
산에도 시장 있나
밭 시장가면 오만가지 다 있다

오이냉국 시원해서 더위를 시켜주고
상추 쑥갓은 된장에 쌈 싸서
고추 된장에 찍어 먹어보래
와 이래 맛있노

가지는 밥솥에 쪄서
집간장 참기름 참깨 마늘 넣고
손으로 주물러 간 봄서 반은 먹어뿐다

열무김치 담아서 새참 때
국수 한 대접 말아 먹어보래
목구멍이 꼴딱 소리가 난다 너무 맛있어서

밭에 가서 하얀 민들레꽃 머리에 꽂고
산에 가면 풀꽃 왕관 만들어 쓰고
노래하고 글도 씀서
기쁨도 슬픔도 함께 할 수 있는
촌놈의 삶도 한 폭의 작품이더라

우리 촌놈의 행복은
밭에 있고 산에도 있다 아이가

어머님 감사합니다

시어머님 말씀이
부산 밥상동무들은 전라도 밥상동무들하고 어찌 이리 다르냐
시집 왔으면 전라도식으로 야무지게
김치 담그는 법부터 배워라

홍고추 생강 마늘 재피 간장 밥을 절구통에 넣고
딱딱 매매 갈아서 김치 담아야 개미가 있제
나물은 무칠 때 손가락 새로 양념 꾸정물이
벌꺽벌꺽 나오도록 주물러야 제대로 간이 들제
어떤 음식이든 짭짤하고 양념이 많이 들어가야
나물이나 김치나 간이 배서
숨이 빡 죽어야 지 맛인기라
똑같은 음식이라도 손맛이제
반찬 한 가지라도 대충은 없는기다
그래서 나는 설렁탕은 안 먹는다
설렁설렁 사는 게 싫어서

야무지게 가르쳐 주서서
감사합니다 어머님

엄마 같은 아부지

같이 웃어주던 엄마 같은 아부지

소같이 부지런히 일할 땐
야야 니 몸이 건강해야
우리 집안도 매화밭도 건강할텐데

야야 니는 나무에서 떨어질 때마다
허리를 다치냐
수앙에서 대나무 토막 속에 든
똥물을 숯불에 데워 주심서
야야 이 똥물을 먹어야 안 도진데이
니는 우리집 기둥인데

그 똥물그릇에 떨어진 아버지 눈물과 똥물을 마심서
왜 이리 눈물이 쏟아지냐
이 며느리 하소연 다 들어줄 수 있는
엄마 같은 아부지가 계셔서
고맙고 또 고맙습니다.

불씨

새벽에 부엌문 열어/거무작 불쏘시개 넣고/부지깽이로 살짜기 불씨 찾아/입으로 후 불어 불 붙여/밥 하고 국 끓인다/혹시 불씨가 꺼져삐면/성냥은 돈 주고 사야 하니까/저녁밥 해묵고 부엌문 꼭 닫아야/방도 따시고 불씨도 잘 살아 있다/불씨가 잘 살아 있어야/밥 해묵고 살 수 있을 거 아이가

내도 꺼져가는 우리 집안/불씨처럼 다시 일으킬 수 있어야 될낀데/3~40대 삶이 너무 힘들어서/이 고비만 잘 넘겨/우리 아부지한테/눈물 아닌 웃음꽃 선물을 안겨드리는 것이/이 며느리 소원입니다

아부지예/이 며느리 꺼지지 않는 불씨처럼/아부지 대를 잘 이어갈 수 있도록/늘 지켜봐 주세요/아부지 생각날 때마다/부끄럽지 않은 며느리가 되겠다고/기도하고 있습니다

정해진 목적도 없이

버선 고무신 꿰매듯 소박한 마음으로
자연의 가르침 따라 살아왔는데
아직도 할 일이 너무 많아 어깨가 무겁네

한평생 매화나무만 의지하고 살아온 내 삶아
나이 더 들면
어디에다 내 마음 의지할꼬

그 먼 길 허덕이며 걸어 왔는데
삶이 왜 이리 빨리 가뿌노
잘못한 삶이 있다면 용서하고 이해해 주세요

10년을 빌어도

아버지가 할아버지 묘 앞에 자판을 놓는 날
부엌에서 어머님 큰어머님이
점쟁이가 절대로 자판 놓지 말라 했는데
저 남자들 똥고집을 말릴 수가 없다고

어느 날인가 소가 비료를 먹고 죽고 돼지 11마리 다 죽고
개가 5마리 죽고 24살 시동생이 어젯밤 병원에서 죽고
큰어머님 밥상 앞에서 돌아가시고
큰아버님은 3개월 만에 돌아가시고

그때서야 야야 묘 점 잘 보는 사람이 악양에 있으니
너희 시숙하고 좀 가보고 오이라
묘 점쟁이는 큰일 났네 용목에다 큰 돌을 눌렀으니
사람 가고 재물 가고 큰일 났네
우짜면 되겠소
돌자판을 하루 속히 들어내야지 더 사람이 안 가게
지금부터 해마다 잘못했다고 10년을 빌어라

해마다 과일 마른명태 눈깔사탕 떡을 사다 놓고 빌 때마다
동네 사람들은 몬당네 산소 앞에 기도하네
눈깔사탕 주워 먹으러 가자

10년을 빌었는데도
아버지 시숙님 광산 하다 45만평 땅 빚쟁이한테 다 넘어가고
큰집에는 큰어머님 큰아버지 돌아가시고
두 집 다 풍비박산되고 아버지 용신암 산골짝에 피신하시고
남편은 병원 신세
그 무거운 짐을 여자 혼자서 짊어지고
흙탕물에 헤엄쳐 나온 세월이 30년이 넘는다

피눈물 쏟아지는 그 먼 길
자욱 자욱이 눈물이더라
낮이면 빚쟁이들 돈 내놓으라고 악쓰는 소리
밤새도록 화롯불에 아버지 담뱃대 두드리는 소리

아버지의 유언은
광산하지 마라 묘 손대지 마라 빚보증 안지 마라
야야 니한테 이렇게 무거운 짐을 지워놓고 우짜먼 좋겠노
우리 며느리 저 감당을 어찌 다 할꼬
자꾸 눈물만 나오는구나

무명 몸빼

흙손으로 아무리 끄집어 올려도
자꾸만 흘러내리는 무명 몸빼
늘어진 몸빼 고무줄 다시 끼워 졸라매고
또 다시 몸빼 입고 밭을 맨다

땀내 쉰내 흙 범벅 된 몸빼는
고랑 물에 방망이로 뚜디리 패 씻어
아침에 덜 말라도 또 입고 밭을 맨다

몸빼가 아지매 니는 와 이러고 사노
기계도 자꾸 쓰면 고장 난다
아지매 니는 날마다 팔이야 다리야 함서
새벽이면 또 밭 매고 있나
아지매 니 몸둥이 고장나면 우짤기고
좀 쉬어감서 일 하그라

88 다랑지

아버지 예
처음으로 논 사 놓고
너무 좋아서 잠이 안 오네예

오월 중순이면 모내기 하려고 논에 물 가두고
논 뒤갈개 메고 논두렁 만들고 논두렁 풀 베고
물이 땅 밑으로 샐까 봐
한 다랑지씩 괭이로 쫏아서
다지고 발로 밟아야 논에 물이 좀 고인다

모내기하기 힘들어도 와 이리 좋노
우리 새끼들 쌀 섞인 밥 먹을 생각에 너무 좋아서
날 새기만 기다린 밤이 와 이리 기노
어젯밤 논에 물 좀 고였나

가물 때는 하느님만 바라보는 천수답은
소가 논 갈고 써래질 할 수 없는 작은 논바닥이라

손으로 모내기 다 해 놓고 난 뒤에
손톱이 찢기고 손가락마다 피 나고 아파도 약은 반창고뿐이라

밤이면 더 시리고 아픈 내 손한테 미안해도
아버지예 88다랑지 모내기 끝내고 쳐다볼 때마다
아픈 서방 내 새끼들 쌀밥 마음 놓고 먹을 수 있어
너무 좋아서 눈물이 다 나네예

아버지, 며느리가 쌀농사 잘 지어서
아버지 제사상에 마음 놓고 쌀밥 많이 담아 제사 모셔 드릴
게요
이렇게 강하게 키워주신 아버지 덕으로 일 잘하고 열심히 살
면서
아버지 대 잘 이어 가겠습니다
아버지 감사합니다

논에는 거름밥

7, 8월에는 날마다 풀 베서 쌓아 놓고
똥오줌을 퍼 찌끄려 발효시키는데
풀무더기 가로 고랑을 만들어 흘러내리는 풀물을 퍼 올린다

풀 한 짐에 수 십 가지 풀 이파리가 다 약이제
소가 풀 뜯어 먹던 때는 병이 없듯이
오죽하면 병든 개가 발효되고 있는 풀거름 모대기에
코를 처박고 삼 일만 있으면
툴툴 털고 일어난다던 우리 아버지 말씀

푹 삭은 풀거름은 보약 거름이다
농약 없던 그 시절
헌 옷을 석유에 묻혀
논 물가에 돌맹이로 누질러 놓으면
그 시절엔 석유가 농약이제

푹 삭은 풀거름은 논다랑지마다

지게로 져 내고 머리에 여 낸다
춥고 힘들어도
논바닥에 거름밥 쳐다만 봐도 배가 부른다

논밭을 아껴야

우리 조상님은 논 일굴 때
배고파서 허리띠 졸라 매감서
괭이 삽으로 피땀 흘려 일궜다는데
얼마나 밥이 먹고 싶어 일군 논
오죽하면 밥이 하느님이라 이름 지었을까

그렇게 일군 우리 조상님께 얼마나 큰 죄를 지으려고
조상님의 피땀 어린 논에다 높은 집을 짓는가
지하에서 통곡하고 계실 우리 조상님

우리나라 70프로가 산인데
쓸모없는 산 깎아 낮은 곳 메워 농사짓고
산 밑에 천지가 집 지을 땅인데
하필이면 논밭인가

물 전쟁 식량 전쟁이 코앞에 와 있는데
논밭도 아끼고 물도 아끼고

아끼고 또 아껴서 후세들 잘 살도록 하는 게
어른들의 몫이라 여깁니다
먼 훗날 후세들 식량 걱정 없도록
농사지을 논밭 정말로 아낍시다

여름 놀이터

누가 가르쳐주지도 배운 적도 없는 돌맹이 바꿈사리/놀다가
더우면 강에서 물장난/달리기 씨름하다 목 마르면/두 손으
로 강물 흡씬 떠 마시고/배고프면 집에 가서 보리밥 한 술 떠
먹고/어두워지면 모래바닥에서 잠을 자고/새벽에 서늘하면
가마떼기 덮고 잤다/집에 들어가도 엄마는 잘 모른다/아침
밥 먹을 때 아니면/어떤 놈이 있는지 없는지 모른다/아들 딸
이 너무 많아서/새 옷도 새 고무신도 설 추석 일 년에 두 번/
그것도 언니만 새 옷 둘째는 언니 입던 옷 입힌다/먹을 것도
입을 옷도 신을 신발도 없으면서/애는 머할라고 자꾸 낳서
첫째 딸 골병들게 하노/동생들이 등에 오줌을 싸서 날마다
찌린내 나고/좀 크니깐 밥하고 빨래 하다가/마산 고무신 공
장서 돈 벌어 동생들 공부시키고/그 고생해도 한 번씩 집에
오면 반겨줄 부모 형제 있어 좋고/엄마는 김치 담아 한 보따
리 싸 줄 때 우찌 그리 고맙더노/엄마 딸 시집가서 엄마가 되
고 보니/엄마 원망보다 형제 많은 우리 엄마가 고맙더라/아
많다고 잔소리해서 미안합니다 엄마

첫 손자 사랑

첫 손자 백일 때부터
야야 내 손자 좀 보듬고 자고 싶다
아 낳고 몸조리도 못 하니 잠이라도 편히 좀 자거라

아 젖 먹는 동안 군불 때 놓고
이불 밑에 손 넣어 보심서
야야 군불 땠응께 몸 따시게 해서 자거라
아버지는 쉐타 속에 아 보듬고 가신다

아 백일 때부터 학교 가기 전까지
밑에 손자는 본둥 만둥 오직 첫 손자만
보듬어 주고 업어 키우시던 우리 아버지

아 한테 좋다는 것 다 해먹이시고
아 학교 갔다 집에 오는 저 밑 산길에서
할아시 부르는 수야를 업고
덩실덩실 춤추시던 우리 아버지

고기보다 더 좋은 청국장

불린 콩을 5, 6시간 삶아 대소쿠리에 담고
숨 쉬라고 깨끗한 짚을 소쿠리에 넣는다
사람이 잠자기 좋은 따신 온돌방에
삶은 콩소쿠리를 놓고 깨끗한 이불을 덮어
이틀 반이면 뽀얗게 발효된 청국장을 만난다

주걱으로 저으면 실같이 길게 끈적여야 잘된 청국장
따실 때는 끈적이다가 식으면 딱 감추는 청국장
간 맞출 때는 소금보다 집 된장으로 간을 하고
된장 항아리에 3, 4일 숙성되면 청국장 냄새 없이 맛있다
멸치 다시마 무 대파 양파 삶은 육수에
구운두부 썰어 넣고
호박 땡고추 잔파 썰어 넣고
보글보글 끓이다 마늘 넣은 청국장은
촌사람의 겨울 보신재다

청국장에 매실원액을 넣고 3, 4일 지난 후 먹어보래

청국장은 몸에 영양 매실은 소화제
청국장과 매실은 아무리 많이 먹어도 탈이 없다
고기보다 더 좋은 청국장
많이 먹고 올 겨울 건강합시다

무명 이불

빨간 깃 댄 검정 무명 이불
따뜻한 엄마 품 같은 무명 이불
새끼들 조랑조랑 나란히 잠재워 준 무명 이불
엄마의 사랑을 싹트게 한 무명 이불
연년생 아들딸 포근히 감싸주는 무명 이불

아이들 오줌 싸서 찌린내 나고 때 끼고 더러우면 어떻노
지도 그림이 얼룩진 이불은
장대에 걸쳐 햇빛에 말린 다음
다시 그 이불 속에 따신 포근함을 주는

건강하고 행복한 초가집 온돌방에서
우애 있고 의지하고 살아가는
초가집의 포근한 무명 이불처럼
서로 다독이며 살아갈 수 있는 세상이면
참 좋을 낀데 그쟈

3

들꽃이
만개하면

사람들은 꽃인 줄 모르고
그냥 밟고 걸어가는 발밑에
꾸겨진 작은 들꽃
밟힐 때마다 상처투성이
얼마나 아팠을까

각탕 시절

저녁밥 먹고 설거지 한 물을
소죽솥에 부어 놓으면 아궁이에 불이 남아 있어
뜨끈뜨끈해진 소죽솥에 발 담그고
형제들 마주 앉아 노래 부르며
돌멩이로 때 씻으면 등잔불도 춤을 추네

6, 70년대는 소죽솥에 발 담궈 씻는 게 각탕(족탕)이라 했다
손발 다 씻고 방에 들어와 동동구리무 바르고
이불 밑에서 장난치고 웃으면
엄마는 어서 잠자라고 뭐라 해도
이불 둘러쓰고 웃던 우리 형제들

시집가서 다 잘 살지만
머리에 서리꽃 핀 지금도
어찌 그 시절이 눈에 삼삼한지
나이 들고 멀리 살아 자주 만나지 못하는 우리 형제들
가끔은 못 견디게 보고 싶어라

대쪽처럼 곧은 삶

시집 온 대나무를 다독다독 잘 심으면
대나무는 5년 동안 죽은 듯이 뿌리 번식해놓고
새끼 번식은 5년 후에야 죽순이 올라와
일 년 안에 할배 아버지보다
키가 더 큰 아들 손자가 나온다

산사태 방제에는 튼튼한 대나무 뿌리가 좋고
부잣집 뒤뜰 대나무 울타리 밑에 샘물도 약이라 했다
옛날에는 대나무 토막을 화로불에 얹어 찐을 받아
흰죽을 끓여 중풍예방제로 먹었다는 어른들 말씀

또 대나무토막을 칡 줄기로 짜 매고 돌맹이를 달아
수앙에 일 년을 묵혀 그 똥물을 먹어야
다친 허리도 낳고 안 도진다 해서
나도 다칠 때마다 참 많이도 먹었다

4월에 올라오는 죽순나물 많이 먹고

피가 맑아지고 대쪽처럼 곧은 삶을 산다면
모두가 행복할 낀데

된장과 간장

음력 11월은 메주 쑤는 달이다
불린 콩을 5, 6시간 푹 삶아 절구통에 빻아 만든 메주를
햇빛에 잘 말려 띄운다

정월에 깨끗이 씻어 장 담글 때
물 한 말에 5년 된 소금 3되에 메주3, 4개를 넣고
숯 고추 깨를 위에 얹고 대꼬챙이를 탱개쳐 놓고
항아리 가에 숯 고추를 끼운 새끼줄을 둘러 짜맨다
부정탈까 봐

4, 5월에 장을 떠서
된장은 1, 2년 간장은 2, 3년은 묵혀야 맛있다
양념된장 담을 때는
멸치 다시마 무 대파 양파를 푹 삶은 육수 한 말에
5년 된 소금 3되 넣고
30말 이상 큰 항아리에 담은 된장이 더 개미 있고 맛있다
2, 3년 더 묵히면 맛도 있고 몸에도 좋다

농민의 일 년 양식이자 밥상의 보약인 된장 간장은
한여름에 더위 먹을까 봐 짭짤하게 먹고 땀 흘리고
여름 보리밥 강된장에 밥 비벼 먹고
체했을 때는 된장 물 먹고 토해야 위가 숨 쉬제
다칠 때는 된장 찍어 바르고
약이 없던 시절에 그렇게 된장 간장 많이 먹고 산 조상님들
끼니때마다 아무리 많이 먹어도 탈 없는 게 된장 간장
그 옛날 된장은 농민의 최고 약이었제

세상에 제일 아픈 류마티스

36살 때/류마티스 관절염이란 병으로/뼈마디 마다 아파서
잠을 못 자고/밤새도록 울다 날 샐 때도 많았다/그 아픔이 얼
마나 지독한지/입으로 후후 팔을 흔들다 다리를 흔들다/약
먹으면 안 아프고 약 안 먹으면 너무 아프고/입에선 쇠똥내
가 난다/입이 말라 숨도 못 쉴 만큼 아파도/낮에는 푸대를 깔
고 앉아서 다리를 뻗고/푸대를 밀어가며 씨앗을 심고/밭매
다 일어날 때는 무릎이 너무 아파/밭가에 있는 매화나무를
붙잡고 일어나 집에 오면/막내가 등목 해줘서/엄마는 언제
팔꿈치 오무라질기고/막내야 엄마 밥만 떠먹을 수 있으면
좋겠다/약은 너무 독해서 속이 너무 아프고/어린 자식들이
목욕 시켜줘서 참 많이도 울었다

엄마 빤스 고무줄 하나 주라/뭐 할라고/대꼬챙이 다듬어서
밥숟가락에 고무줄로 묶어서/엄마 밥 한번 떠묵어 봐라/꼬
챙이가 너무 멀어 밥이 잘 안 떠진다/
자꾸 연습 좀 해봐라/엄마는 내 없으면 밥 우째 먹을끼고/1
년간 약을 먹어도 너무 아파/강물에 빠져 죽고 싶어도/병든

서방 어린 자식 때문에 못 죽어 사는데/한 번은 한의사가 오
셨길래/류머티스로 너무 아파 못 살겠다 하니/홍여사야 그
좋은 매실을 먹어야지/류마티스 낫는 약 봤나 진통제
지/15~20년 지나 손가락 발가락 다 삐틀어지면/홍여사 보러
누가 오겠소

그날부터 농축액을 3개월 먹고 보니 잠을 좀 잘 수 있어/그
지독한 류마티스 아픔보다/살이 타들어 가는 뼈마디마다 쑥
뜸을 뜰 때가 견딜만하더라/3년을 농축액 먹고 쑥뜸 뜨고 나
니/밥숟가락이 입에 들어가는 기쁨의 눈물/그 지독한 류마
티스도 매실농축액 쑥뜸한테는 못 이겨/내 몸속을 깨끗이
씻어준 매실과 쑥뜸/매실은 지금까지 먹는다/일 년에 한 번
씩 종합검사/5년에 한 번씩 뇌 폐 췌장 대장검사/7학년 9반
인데 건강한 몸으로 일 잘하고 있다

몸서리나는 류마티스 아픔 때문에/맛있는 육고기를 45년간
안 먹는 이유는/입이 좋아하는 고기는 몸속 세균도 좋아할

까 봐/빈 그릇도 수세미 퐁퐁으로 깨끗이 씻는데/세상에서
제일 더러운 내 뱃속 설거지해주는/청소부 아지매가 될란
다/극한의 아픔을 맛봤기 때문에/내 밥상은 언제나 풀잎과
된장 매실/밥상의 보약은 산에 있고 밭에 있더라/건강하게
살고 싶어/흙을 밥이라 생각하고 농사짓는 농사꾼이제

명품이 될 사람

아무리 좋은 옷을 입고
좋은 가방을 들어도
욕심이 쌓였는데 명품이 될까
사람이 명품이면
싸구려 옷을 입어도 명품으로 보이더라

명품보다 더 소중한 맑은 마음
말 한마디라도 정으로 사는 사람

잠깐 쉬었다 가는 인생
후배들아 명품 같은 삶을 살아
법 없어도 잘살 수 있는
그런 세상이 어떻노

사랑하는 사람아

사랑하는 그 사람 가슴 속에 숨겼다가
가슴이 멍들도록 아플 때 안아줄 텐데
그 사람 어디 가고 그리움만 남아
보고 싶은 사람아

보소 거기가 얼마나 멀기에
꽃 피면 오신다더니 소식이 없소
목 메이게 불러 봐도 대답이 없소
한 쌍의 학처럼 훨~훨 날고 싶어라
사랑하는 사람아

대사: 먹고 사는 게 뭔데
풀 머슴 같은 마누라 품에 잠재움서 흘린 눈물에 아픈 당
신 얼굴 다 젖었네요
말동무 못해 줘 미안해요 그 곳에서는 아프지 마소.

사랑하는 그 사람 가슴 속에 숨겼다가

구멍이 나도록 아플 때 내가 떼워 줄게요
아련히 떠오르는 그리운 얼굴
보고 싶은 사람아

보소 거기가 얼마나 멀기에
꽃이 펴도 못 오는교
목 메이게 불러도 대답이 없소
한 쌍의 학처럼 훨~훨 날고 싶어라
사랑하는 사람아

물에 빠진 생쥐 같은 삶

야 이 여자야 니 꼬라지가 그기 뭐꼬
왜 그러고 사노

시어매는 얼마나 며느리가 미웠으면
가시 달린 풀을 며느리밑씻게라
이름 지었을까

매화나무 감아서 죽을까 봐 매화나무 살리려고
비 올 때 뿌리가 잘 빠져
비 맞으면 뿌리 뽑는 여자

낮에 모기가 물때마다 흙손으로 낯을 때려
흙 화장한 생쥐 같은 삶이라고 흉보든가 말든가

매화나무만 잘 살 수 있다면
남이사 웃든가 말든가

성실한 자에게

함부로 말하지 마라
시대가 변해도 성실한 사람에게
이길 자는 없으니

화내지 마라
심장이 벌렁거리면 가슴이 아플까 봐
꿈이 눈앞에 아지랑이처럼 가물거릴 때
두 손으로 꼭 잡을 수 있는
열정을 다 쏟아 부삐라

일이 재미있을 때는 힘든 줄도 모른다
일의 참맛을 아는 사람이 성공도 하더라
일이 없었다면 무슨 의미로 사노

행복은 누가 보태는 게 아니라
일하는 내 마음이 꽃필 때가
행복한 삶이더라

매화는 내 딸 매실은 내 아들

들꽃이 만개하면

들꽃이 만개하면
눈 감고 잠자는 곳까지 따라오는
이 꽃잎들
나도 모르게 웃는 헛웃음
봄 처녀처럼 아름다운 내 모습

꽃눈이 날리는 봄이 오면
왜 이리 내 얼굴은 웃음꽃이 피는지
이름 모를 꽃들은
내 동무 새댁아
이쁜 니 얼굴 분 바르고
면경도 좀 쳐다봐라

맑은 마음

독한 말 들을 때는
그 사람의 좋은 점만 생각하고

그 사람이 미워서 쳐다보기 싫어도
그 사람 고마움만 생각하자

그 사람이 삶에 지쳐 있을 때
나쁜 모습 나쁜 말 못 보고 못 들었다
다 내삘뿌고
좋은 모습 좋은 말만 생각하자

이 좋은 세상 눈뜨고 살아 있는 그 날까지
맑은 마음 좋은 인연으로 살아보세

뻐꾹새야

구슬피 우는 저 울음소리
자식 죽고 남편 죽고
내 혼자 우찌 살꼬

한이 서린 저 소리
홀로 된 어매들의 가슴을 후벼 파는
설움의 한을 심어주는 한풀이를

안 그래도 쓸쓸한 이 가을에
뻐꾹새야
너는 어찌하여
저 산천을 울리느냐

산비탈에

산비탈에
행복의 꽃씨를 뿌려
꿈을 이룰 수 있는 꽃동산의 여왕

꽃들은 내 발자국 소리만 들어도
웃음꽃이 피더라

여왕의 노래 소리에
바윗돌 소나무도 빙그레 웃는
자연이 준 이 선물
무엇으로 갚으리

함박꽃 같은 삶

지천시리 노력한 자에게
언젠가 기회란 그놈이 내 손을 꼭 잡을 때
아무리 높은 산 절벽일지라도
숨 가쁘게 기어 올라가서
그 기회를 놓치지 말고 꼭 잡아 평지까지 왔으면

니 탓 내 탓 말고 니도 한잔 나도 한잔
즐겁고 평화로운 세상
내 마음 함박꽃 같이 웃음꽃 피도록
지탄 말고 한번 살아보세

꾸겨진 들꽃

사람들은 꽃인 줄 모르고
그냥 밟고 걸어가는 발밑에
꾸겨진 작은 들꽃

밟힐 때마다 상처투성이
얼마나 아팠을까
이름 모를 저 들꽃은

그 아픔에도 꽃을 피우는데
꾸겨진 허리지만
오늘도 일은 나의 놀이터

엄마 없는 배고픔

부모형제 식구가 너무 많아
밥상 놓을 자리가 없어 방바닥이 밥상
좀 맛있는 거 있으면
서로 먹으려고 젓가락 들고 덤빈다

울다가 삐치다가 싸우다가
화해해서 웃다가 장난치던 아들 딸
그 많은 자식들 먹이고 입히느라
고생한 우리 엄마

그 고생을 하고도 새벽이면
장독 위에 정한수 떠놓고 자식 잘되라고
빌고 또 빌던 우리 엄마
장독대 볼 때마다 그 모습이 보인다

너무 일찍 저 세상 가버린 엄마
무엇이 그리 바빠 팔 남매 두고

어찌 눈을 감으셨소 가물가물한 엄마 얼굴

아무리 부르고 싶어도 대답해줄 엄마가 없는
세상에서 제일 큰 가난
엄마 없는 배고픔은
채울 수 없는 배고픔이더라

없어서

좋은 날 하루면
궂은 날 아홉 날 된 삶도
여자이기 때문에
꾹꾹 누질라 담아 살아온 촌 여인네들

오직 자식들 배불리 먹이기 위해
남정네들은
밤이면 새끼 꼬고 가마니 짜면 새벽닭이 울고

낮이면 논밭 일구어 배고픔 면하려고 일밖에 몰랐제

못 먹고 못 입혀도 자식만 쳐다보면
웃음꽃 가득한 심성 착한 우리 농민들도
가을들녘 익어가는 곡식처럼 나이 들어 익고 보니
자식들 배불리 밥 먹고 나누어 먹을 날도 오더라

우리 동네 사람들

여름밤이면 모깃불 피워놓고
이집 저집 먹거리 들고 나와 나누어 먹고
시원한 수박 참외에
막걸리 한잔 걸치고 노래 부르다
홑이불 둘러쓰고 춤추고 놀다가
헤어지던 우리 동네 사람들

해마다 가을이면
절구통에 빻아서 만든 찰시루떡으로
동네잔치에 웃음꽃 피던 우리 동네
어려운 옆집에 손님이 오면
담 넘어 살짝이 쌀도 주고 밑반찬도 주던
서로서로 돕고 사는 우리 동네 사람들

그 사람

웃을 때 같이 웃어주던 그 사람
좋을 때 같이 좋아해주던 그 사람
서러울 때 같이 눈가가 젖던 그 사람
가슴이 허전할 때
마음을 보태주던 그 사람

그 사람 어딜 가고
혼자 걸어가는 이 길
빛바랜 젊은 시절
가물가물한 그 추억이
무담시 나를 뒤돌아보게 하네

매화꽃 내 딸

둘이서 잡아당기는 톱으로
밤나무 벤 그 큰 나무 몽둥이를
굴러 내리고 어깨에 매고 내리다가
비탈진 산에서 미끄러져 넘어지고
돌에 걸려 엎어지고

발이 얼어
밤마다 고춧대 삶아 찜질하고 가짓대 삶아 찜질했다
잠잘 때는 아랫목 따뜻한 콩자루 속에 발 넣고 자다가
너무 아파 바늘로 발가락을 찔러
시커먼 피 좀 짜내고 나면 잠잘 수 있었다

밤나무 벤 자리에 매화꽃 심어
세상에서 제일 아름다운 매화꽃동산 만들려고
꽃다운 내 젊음 11년을 다 바쳐
춥고 배고프고 골병이 들어도
내 딸 매화꽃

일 년에 한 번 만나는 재미로 후회는 없다

아버지 며느리 헛된 마음 어서 버리고
매화꽃동산 여왕벌 되고 싶어
주름진 얼굴에 매화꽃 웃음꽃 피워 볼끼라고
90살 될지라도 할매라 하지 말고
엄마라 불러래이
내 딸 매화야

우리 농민들

하늘에서 주신 복으로
땅에서 좋은 인연 만나
자연한테 거슬리지 않는 삶을
땅 자연만큼만 살아 볼끼라

이보다 더 아름다운 삶 또 있으리
더 바란다면 소탐대실
욕심 때문에 뻘바닥 같은 삶 될까봐

아무리 퍼먹어도
끝없이 솟는 맑은 샘물 같은
건강한 삶이 되고 싶어
오늘도 열심히 살아가는
우리 농민들 농사꾼들

매화나무야

느그들 등에 업고 다니며 심고
느그들 벌갱이 때문에 아파할 때
잡아주고 안아주고 이야기해주면서
긴 세월 세찬 비바람에 시달려도
꼭 잡은 내 손 놓지 마래 매화야
살아도 같이 살고 죽어도 니들 거름 밥 되어

살다 보니 또 한세상 다 지나가더라
부지런히 일 잘하라고
이 며느리 어깨에 날개 달아준 우리 아버지
세상에 제일 존경하는 우리 아버지
정말로 고맙습니다

일 있어 내 살았제

낙엽이 우수수 떨어져 뒹구는
양지와 담 쌓은 이 산속
눈보라 휘몰아치는 하얀 눈꽃동산에
눈부시게 아름다운 눈꽃들이
발목까지 차오른다

눈에 젖은 고무신
새끼줄로 꽁꽁 싸맨 발목
미끄러져 다친 허리 손발도 얼고 아파서
저 산천이 다 젖을 것 같은
눈물아

눈 속에 핀 설중매 꽃이 너무 고와서 웃다가도
하루 빨리 저 많은 나뭇가지 다 치우고
매화꽃 심을 욕심에
남자도 여자도 아닌 지게작대기 같은 풀 머슴아

일이 있어 근심 걱정 피할 수 있어 내 살았제
모든 것 다 잊고 오직 병든 서방 어린 자식
입에 풀칠해야 살아갈 수 있어서
일이 없었다면 내 어찌 살았을까

희망도 행복도 미래도
꿈을 꿀 수 있는 일이 있어
웃음꽃 필 날도 오더라
일아 일아

주인이 춤추면

일하는 사람은 노래 불러가며 사는 세상이면 참 좋을긴데

엄마 없는 배고픔 겪어 봤나
밥 먹고 싶어 빈 밥그릇에 흘린 눈물 맛 봤나
외로운 산비탈에 홀로 핀 흰 백합꽃처럼 살기 싫어서
보고 싶은 사람 울타리 백만장자 되고 싶어서
밥 먹고 살만하면
아파도 병원 못 가는 사람 두 손 꼭 잡고 조금이지만 보태거
래이
대학등록금 없어 힘들어할 때 적지만 보태거래이

중학교 입학생 동·하복 두 벌씩 해줄 때
교복 입은 학생들 볼 때마다 숨어서 울던 그때
교복 입고 학교 가는 것 너무 부러워서
벤처대학 졸업할 때까지 점심밥 해 가는 나는
열아홉 살 바람난 가수나 같은 설렘

사각모자 써보는 소원은 이루었지만 허전한 마음에
이 나이에 낮에는 일꾼 밤에는 학교도 선생도 없는 야학생
안 죽을 만큼 공부해 보자 전쟁에 2등은 없다
못 배워도 2등 인생은 되지 말자

운명아

아무리 바꾸려 애써 보고
지나간 상처 잊으려 해도
운명아
니가 날 붙잡고 살았냐
내가 널 의지하고 살았냐

주어진 운명대로
흙의 품에서 보석 같은 땀 흘린 만큼
열심히 살아 온 나의 운명을
오늘도 흙바닥에 썼다 지웠다

운명아 널 탓해서 미안하고
손발한테도 너무 미안하다
그래도 살다보니
다 살아지더라 운명아

행복아 니는 누하고 살고 싶냐

두 권 책 내고도 원고에 쓴 글이 또 책 두 권 분량
못 배워서 이해 못 할 글 읽을 때 참 많이 울었는데
국민학교라도 보내준 아버지 고맙습니다

안 죽을 만큼 아파보고 먹을 게 없어 힘들 때
도와주신 분들께 감사한 마음으로
부모 없는 아이들 자식 없는 노인네들 장애자들
김치 된장 고추장 나누어 먹을 수 있어 행복합니다
강하게 키워주신 우리 아버지 덕분에
넘어지고 자빠지고 미끄러져 인생의 참맛 본 사람
자수성가하여 보고 싶은 삶이 어떻노
혼자 잘 살면 무슨 재미로
이런 세상이면 다 행복할 낀데 그쟈

내 마음

살째기 들여다보래
내 입에서 상대방에게
얼마큼 상처 줄 말을 하고 사는지

나도 모르게 한 말투
부예날 땐 더 조심
한 번 더 생각해보고

힘든 일 서로 돕고
고맙고 좋았든 일 서로 나누고
세월 나이 먹고 보니
살째기 마음의 문 열어 줄게
내 마음아

촌 부잣집 아들

메마른 내 가슴에 꽃피울 줄 알았는데
각시가 생겼으면 도시 가시나 좀 챙겨주지 서방아

남편과 자식 버리고 가버린 빈자리의 어린 시절
얼마나 엄마 사랑에 배고파
서럽고 힘들어서 술에 의지하고 살았을까
새엄마 눈치 보고 살면서 정 붙일 곳 없어 술에 기댔을까

처음 겪는 촌 시집살이 눈물로 사는 이 마누라 어쩌라고
시집온 지 일 년 반쯤 서울대학병원부터 강원도까지
이 병원 저 병원 아니면 이불에 기대어 헐떡이는 서방아
병원에서 안 되니 굿도 참 많이 했다

부부는 나무
두 나무가 만나서 바람 불 때마다 상처 나듯이
서방이 아프니 마누라도 아프다

그래도 살아야 했기에 마음을 다잡아먹고
일에 미치기로 한 인간 불도저가 되어
저 악산을 밀어 붙이고
머슴 중에 상머슴 되어 열심히 살면
남 밥 먹을 때 죽이라도 먹어 볼끼라고
안 죽을 만큼 일하다 보니
쌀 섞인 밥 먹을 날도 오더라

우리 막내 쌀 섞인 밥 먹음서
'엄마 이래 맛있는 밥 된장 없어도 밥숟가락 입에 떠 넣으면
목구멍에 넘어 가뿐다 엄마'

파란만장한 삶 우리 아버지

이름도 없는 사람
돌 지난 뒤 아버지 돌아가시고 네 살 되던 해
엄마는 보쌈 가고 형아 손잡고 이집 저집 밥 얻어먹고
밤이면 짚단속 형아 품에 안겨
춥고 배고파 흘린 눈물에
형아 가슴이 다 젖도록 울다가
형아 우리는 엄마가 와 없노
엄마가 있으면 따신 방에서 밥 먹고 잠 잘긴데
형아 배 안에서 무슨 소리가 자꾸 나네

이렇게 살다 누가 옷 주면 얻어 입고
떨어지면 떨어진 대로
버선도 발바닥은 다 떨어지고
발등만 덥힌 짚신에 손발이 너무 얼어서
밥 얻어먹던 집 소죽솥 아궁이 앞에서 손발 녹이고
먹은 것도 없는데 코 닦은 소매 끝은 와 반들반들 하노

형이 열 살 되던 해부터는
소죽도 끓이고 풀도 베고 소도 먹이고 해서 밥 얻어먹을 수
있었고
설날이 다가오면 솜 모자 솜버선 솜옷 한 벌을
입으라며 주시는 주인님이 너무 고마워서
소리 없는 눈물에 소매 끝이 다 젖더라

부엌에서 밥 먹고 머슴방에서 잠자도 너무 좋아서
더 열심히 일하던 어느 날
니 엄마 화개서 산다더라

엄마 한번 보고 싶어 강 건너 모래사장을 걸어 그 먼 길 갔는데
의붓아버지가 '여기가 어데라고 왔냐'며 쥐어박고 욕을 함서
악을 쓰는데
엄마란 사람이 아들 주워 먹으라고 절구통에 보리방아 찧다
일부러 헛쳐
그 보리쌀 주워 먹고 배탈 나서 절구통가에 똥을 싸니

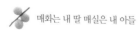

의붓아버지가 '저놈이 똥을 오천모대기를 싸고 있다' 해서
이름도 없이 살던 내게 오천이가 이름 되었제

배가 너무 고파서 홍시 하나 따먹은 나를
의붓아버지가 대나무를 깎아서 내 똥꼬를 쑤셔서
피가 얼마나 흘러 감나무가 피투성이 되고
그 길로 똥꼬를 붙잡고 강으로 가
피 묻은 바지 씻어 입고
어두운 모래사장 걸어옴서 한없이 울었다

열심히 남의집살이 하다가
17살 때 일본 가면 돈 벌 수 있다 해서
일본 탄광촌에서 열심히 일해서 인정받고
글을 몰라 야학하는 사람들 문밖에서 쳐다보고
연필 공책이 없어 땅바닥에다 썼다 지웠다 해도
글 배워서 참 좋았다

한번은 관부님이 '오천아 대나무를 돌로 찍어 붓으로 하고
석탄을 갈아서 먹물로써 이 큰 종이에 원 없이 글을 써봐라'
어찌나 고마운지 종이가 다 젖도록 배운 글로 남에게 뒤지지
않았다

'오천아, 부지런하고 영리해서 다 좋아하는 오천아!
저 일을 니가 맡아서 해봐라'
그 말을 듣고는 동네 중학교 졸업한 사람 서기로 앉히고
못사는 사람 다 데리고 들어가서 돈 벌게 하고
아이를 낳아 일본 학교도 보내고

그러다가 1931년
밤나무 5,000주 매실나무 5,000주 묘목을 가져와
산을 사서 그 큰 동목 다 베내고
한쪽에 밤나무 심고 매실나무 심는데
'저놈 오천이가 아니라 벌천이네
땅을 일구면 감자 고구마 보리를 심어 입치례할 걸'

동네사람들 욕을 날마다 한 바가지 먹어도
첫닭이 울면 똥 푸러 하동에 가서 먼동이 틀 때쯤 돌아와
밤나무 밑 풀 베 놓은 위에 똥 한 바가지씩 20주 주면 최고의
거름
아버지는 그 먼 길을 오가며 얼마나 어깨 아프고 손발이 시
렸을까

일 밖에 모르는 아버지를
반란군 앞잡이가 일본 이름으로 바꾸어 '다까'란 국산 놈이
먹거리 빼앗고 동네 앞에서 뚜디리 팼다
다 부서진 몸을 길바닥에 자빠뜨려 놓고
말에 밟혀 죽으라고 말 타고 넘어가는데
말이 안 밟고 넘어가니 말한테 욕하던 그 국산 놈

동네사람들 들것을 만들어 지게에 지고 번갈아서
산꼭대기 집 방에 눕혀 놓고
다 부서진 하반신이 땀에 젖어 요때기가 썩어도

손대지 마라 너무 아프다
2년 넘게 누워 계시던 아버지는 너무 오래 누워 있어
등창으로 고생하신 이야기하심서 같이 많이 울었다

약이 없어 닭 조청은 보리 질금이라 소화 잘되고
매실 고는 뚜디리 맞은 어혈 염증을 없애고
피를 맑게 해 아침저녁으로 꼭 먹고
끼니때마다 된장을 짜게 먹었다 어서 회복하라고

그 고생을 하심서 지금도 일 뿐인 우리 아버지는
'야야 그래도 힘든 줄 몰랐다 밤 매실 자식 키우는 재미로'
'야야 밤 매실 자식들 크는 것 보면 좋아서 못할 일이 없더라'
'야야 니도 밤 매실 자식 잘 키워서 시애비 대 이어 줄기제'
이 며느리 손 꼭잡고 부탁했지만
아버지 저는 매화꽃 천국 만들끼라예

아버지

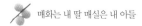

힘들 때마다 보이지 않는 아버지 산소에서
가끔 하소연할 수 있어 가슴이 후련할 때까지 아버지를 불러
봅니다
비가 올라고 하면 더 다리가 아파서 밤마다 아버지 다리를
주물러 드리고
날마다 아버지 세수시켜 드려 머리 감겨 드려 손발 씻어 드
릴 수 있어
딸같이 잘 키워주셔서 고맙습니다

어떤 사람이든 밥 얻어먹으러 오는 아이들 키워서 결혼시키고
아이 둘 데리고 와서 자식을 3명 더 낳아 5명을 먹이고 학교
보내고
7살 먹어 밥 얻어먹으러 온 추식대련님 앞으로 땅 등기까지
해줬는데
갑자기 어젯밤 아파 오늘 밤에 죽어 영혼결혼 시켜 지금도
제사 모십니다

아버지는 동네 아이들 대학등록금 결혼 비용도 도와주고
돈 없어 병원 못 가는 집 부모 초상 때도
알게 모르게 도와주시던 우리 아버지를
처음에는 멋모르고 욕하던 동네사람들도
밤栗이 돈이 되어 '다압면 산은 돈산'이란 소문에
농촌지도소 농대학생들 실습 오고
배우러 온 사람들 먹이고 재우고 품삯도 주시던 우리 아버지

65년도 '율산 김오천 밤나무왕'으로 선정
대통령 표창과 농림부장관상에 리어카도 받았다
광양군 다압면민들은 고맙게도 송적비를 세워 주셨네

어느 날인가
소가 비료 먹고 죽고 돼지 열한 마리 다 죽고
개가 5마리 죽고 추식대렴이 죽고
큰집에 큰어머니가 저녁밥 먹다 돌아가시고
그 뒤 바로 큰아버지 돌아가시자

아버지는
'야야 악양에 묘점 잘보는 사람한테 물어 보거라'
가서 물어보니
'용목에다 큰 돌을 놓았으니 사람 가고 재물 간다
하루 속히 돌 들어내고 앞으로 10년 빌어라'
시킨 대로 다 했는데도
광산하다 45만평 땅 빚쟁이한테 다 넘어가고 피신한 우리 아
버지

이 세상에 태어나서 한평생 고생만 하신 우리 아버지
저 많은 산비탈 개간해서 농민들 다 잘 살게 하신 우리 아버지
교과서 같은 배움을 남겨주신 우리 아버지
삶에 스승 같은 우리 아버지
적선만 하시다 저 세상 가신 우리 아버지
우리 아버지 같은 사람 세상에 또 있을까
세상에 제일 위대하고 존경하는 우리 아버지

부모는

고생을 행복이라 생각하고 살았는데
받아먹기만 한 자식에게
'삶의 이유가 일'이란 것을 좀 가르칠 것을
조상님 말씀이
'고생한 성공은 베풀 줄도 안다'는데

못 배운 촌놈이지만
말 행동을 좀 낮추고 산 농촌의 인심은
그놈의 정 때문에
'성님아 금방 주무른 걸저리다'
담 넘어 주면 밥에 걸쳐 먹을만해서
앞집 뒷집 성님 동생 웃음도 이바구도 나눌 줄 아는

멀리 있는 자식보다 낫다는 이웃사촌
옛 어른들 말씀 버릴 게 하나도 없네

섬진강물

두 손으로 떠먹던 저 강물의
은빛 고운 모래품 속에서
행복한 웃음으로 빵긋 웃는 돌맹이

모래품 속 예쁜 돌맹이처럼 살고 싶은데
다시 못 올 물길 따라 흐르는 섬진강물은
어디가 고향이고 어디가 살 곳인지
고요한 이 밤 울면서 흐르는 물소리

달빛 옷 곱게 입고 유유히 흐르는
푸른 물결은 흘러흘러 어디로 가나
섬진강물 잠잘 곳은 그 어디인가
맑고 아름다운 섬진강물

즐거운 일은

즐거운 일은
누가 갖다 주는 게 아니다

내 마음 즐겁게 일하며
들꽃이랑 놀다 보니
80년 세월 금방 가더라

누가 심은 것도 아닌데
온 산천의 들꽃
보랏빛 향유 꽃향기에 취해
일하는 아지매들 이바구 소리에
하하 원 없이 웃는다

이렇게 재미있는 농사
힘들어도 일하는 사람들 웃음소리에
저 산천도 웃고
매화나무 괭이도 좋아서 춤추는

춥지도 덥지도 않은 이 가을

오늘도 즐겁게 일한 우리 아지매들
내일 또 보입시데이

그 손

곱디고운 처녀 시절
빛바랜 사진 속의 가시나
눈물에 다 젖은 사진에서
다시 볼 수 없는 예쁜 그 손

먹고 사는 게 바빠
투박한 흙손에
아무나 가질 수 없는 갈쿠리 같은 그 손

호미 괭이 삽 톱처럼
연장으로 써먹던 소중한 그 손

오늘도 낫에 찍혀 피나는 손가락은
반창고가 더덕더덕

통시가
무서워서

야야 촌 통시라서 어쩔기고

부산 처녀를 며느리 삼아서 미안타

그래도 익혀감서 살자이

내 인생 새벽이

새벽이 오는 소리에
눈 비비고 일어나면 지쳐버린 어깨
강해지자 앞만 보고 가자 약해지지 말자
도시가시나라고 못할 게 어딨드노
힘들면 천천히 걷자 바쁜 걸음으로

쌍리는
남이 가지 않는 길을 걷고 있다고
끝이 아니라
어둠 속에 북두칠성같이 빛나고 싶어서
거친 길 잘 헤쳐 가고 있다고
저 산 등에 붉게 탄 저녁노을처럼
내 마음도 불 한번 지펴 볼끼라 외쳐 보노라

이렇게 살다가 일가상 받고 보니
동네 사람들이
'골병들 일 잘하는 상도 주나 희한하네'

통시*가 무서워서

시집와 처음
통시가 너무 멀어
등불을 나무에 걸어 놓고
통시 가마떼기 문을 열고 들어가는데
후다닥 찍찍 소리에 너무 무섭고 놀라서 '엄마야'

아부지 방 소죽솥 아궁이 앞에서 울고 있는데
'야야 통시 가고 잡냐'
'예'
'내 여기 담배 태우고 있을께 얼렁 똥싸고 오이라'
'아부지 짚 속에서 무슨 소리가 나서 무서워서예'
'쥐새끼들이 나락 묵을라고 그러는데 괜찮다'
'똥닦개는 짚 좀 비비서 닦아라'
'부산서는 신문지 종인데예'
'촌에는 짚뿐이다'

처음 본 통시에서 울고

짚이 똥닭개란 말씀에 더 놀랐다
'아부지예 어떤 이는 뒷간이고 누구는 해우소고
누구는 수앙이고 우리 집은 통시고 부산서는 변소
이름이 가지가지네예'
'야야 촌 통시라서 어쩔기고
부산 처녀를 며느리 삼아서 미안타
그래도 익혀감서 살자이'

*통시: 화장실

자연이나 사람이나

눈 내릴 땐 춥지만 포근한 그 다음날
살갗이 아픈 소리 없는 눈바람
비바람 몰고 오는 태풍같이 아픈 바람

그 아픔 다 맛본 이름 모를 꽃들
그 바람 맛본 삶도
그 바람 잠든 내 가슴을 달래주던 고마움

상처를 아물게 한 이름 모를 꽃의 향기
내 마음을 감싸준 꽃
니들 향기처럼 내 마음 향기를
멀리 마음 아픈 사람들께 위로가 된다면
다 나누고 싶어라

가난을

원망보다 삶을 배울 수 있는
꿈을 걸머졌는데 못할 게 뭐 있노
삶이 너무 무거워서
참다 속앓이 생길까 봐
소리 내어 실컷 울어삐라
마음속에 숨어있는 눈물도 약

살다 보니
내가 힘들 때 도움 받았던 은혜
내보다 더 힘든 사람 손 꼭 잡고
품을 수 있는 희망을 위해
끝없이 불러보래
행복이 대답 하더라

고생

고생을
대신해 줄 이 없어서
혼신을 다 한 삶

꽃동산을 대신 만들어 줄 이 없어서
마음 편히 잠도 못 잔 삶

다 떨어진 헌 옷 대신 꿰매 줄 이 없어서
밤마다 꿰매 입던 헌 옷 같은 삶

이런 삶도
버릴 게 하나 없는 소중한 삶

내 육신에게 고마운 추억들이
이렇게 잘 살라고 낳아주신 아버지
강한 며느리로
이 산천 주인이 되라시던 시아버지
고마워서 두 손 모아 봅니다

꽃과 열매

수많은 저 꽃들
아무리 아름다워도 한 철

얄궂은 세상에도 변함없이 피는
향기로운 꽃은 사람 꽃

갈쿠리 같은 손 한번 잡아주고
밝은 웃음으로 반겨줄
농사꾼을 찾아주는 귀한 분들은 열매

꽃과 열매가 만났으니
더 바란다면 과욕

때밀이 이름표

사람들로부터
'니가 왜'하는 소리를 들으면서도
나에게 살짜기 하는 소리가
'딸아이가 미국 유학 가는데 보탬이 되고 싶어
때밀이 이름표가 붙어도 봉사하는 마음으로 시작했다'는 말
에
가슴속 깊숙이 숨어있는 자식에 대한
엄마의 간절한 심정을 본다

아무리 무거운 짐도
자식을 위한 짐이라면 걸머질 수 있는 우리 엄마들
살아 숨 쉬는 그날까지
하얀 머리 바람에 날리며 저 언덕에 앉아보고 싶고
그리워서 눈가가 젖든 우리 엄마
자식 걱정의 끝은 어디까지일까
엄마

무덤시

새벽녘에 생각하니
살면서 추억이라고는 아픈 당신 모습 뿐
눈 내린 새벽에 당신 업고 병원 가는 길
눈 쌓인 논두렁에 미끄러져 당신 다칠까 봐
눈물 훔치던 그 세월이
벌써 19년이 지났네

오늘 배추 뽑다 짜장면 먹음서
또 당신 살아 계실 때 생각이 나
짜장면도 같이 한번 먹어볼 것을
이렇게 후회되는
안타까운 세월아

사랑아

사랑이 뭔지도 모르고 산
풀 머슴 같은 큰며느리 시집살이

부잣집 큰아들인데도 엄마 없는 설움에
어릴 때부터 일꾼 방에서
먹고 자고 술 마시고 하던 서방님
어떤 날은 술에 취해 이불 둘러쓰고 울던 서방님

메마른 각시 시절에 사랑이 잠시 쉬고 가면
내 마음 꽃필 줄 알았는데 눈물이 입을 막아
가슴 깊은 곳에 숨어있는 여자는
애꿎은 가슴만 쥐어박았지

여자는 어데 가고
풀 머슴 같은 니가
여자냐 남자냐

얄궂은 세상

얄궂은 세상 탓하기 전에
내 업보 악연 되지 말자 원수 될까 봐
증오하지 말자 또 다른 증오 만들까 봐

벌도 내가 남에게 주는 게 아니라
내가 지은 업보를
가슴에 손을 얹고 생각해 보자

용서는 내 마음 편하고 싶어서
용서
또 용서를 하고 살자

우리 동네 성님들요

아무것도 모르는 내가
촌 일 힘들어 울면
다독여 주시던 우리 동네 성님들

설 추석에만 챙기다가
올해부터는 우리 동네 성님들부터 챙기려 했는데
해마다 김장해서 어려운 사람 다 퍼주다 보니
우리 동네 성님들 잊었네

고추 배추 잘 가꾸어 담은 김장김치
맛있게 드시고 건강하이소
촌 일 잘하고 살 수 있게
따뜻한 그 마음 주신
그 은혜 진심으로 감사합니다
우리 동네 성님들요

잡초도 꽃

새들 피리 소리 장단에
봄 처녀 노래 소리
산천이 메아리치도록
이름 모를 저 꽃들

어젯밤 이슬왕관을 쓴
따사로운 햇빛에
소리 없는 꽃들의 웃음 수줍어서
새들 볼까 봐
꽃들 품에 숨은 사랑의 꿀벌
저 아름다운 행복한 가족
자연아

부모

자식이 태어나면
세상을 다 얻은 부모
부모의 꿈은
자식 밑거름으로 사는 삶의 재미

한평생 자식을 위해
기도하는 부모 마음은
비바람에 흔들린 아픔에도
꿋꿋이 잘살아 갈 수 있는
생명수

고향

시냇물에 목욕하며 물장난으로 웃음꽃
그림 같은 그 모습
언제나 시끌벅적 초가집의 행복

국민학교 입학하면
오전반 오후반 하나 둘 셋 넷
우리 선생님

양지바른 돌담 밑은 놀이터
그 옛날 추억들

우리 농촌 어쩌라고
젊음은 다 떠나고
텅 빈 집 지키는 할매들

아이들 울음소리 없는 우리 마을
국민학교 입학생이 단 한 명

정부야
고향을 지켜줄 젊은이들
좀 살게 해주라

소중한 자식

자식은 부모의 생명
부모의 생명은 자식
자식은
밝은 해 달 별 빛같은 존재

목숨 걸고 일하지 말 것을

대들보가 되기까지
대충도 없고 설렁설렁 일하는 게 싫어서
설렁탕도 안 먹고 살았제

목숨 걸고 일하지 말 것을
당연한 것 없는데
너무 혹사 시킨 내 허리
이쁜 옷도 한번 못 입혀준 내 허리

이제 와서 후회해도
아무 소용 없는걸
미안해서 우짜노 내 허리야

꽃가시나

낫 톱 괭이 삽으로
험하고 비탈진 저 산길 내면서
거울 한번 볼 줄 몰랐던
까맣게 탄 내 얼굴

지금까지 달려온 내 인생이
이렇게 찬란한 꽃 부자 사람 부자
도시 가시나 그 곱던 꽃가시나는
어디에

나를 버리지 않고

흙의 큰 머슴 될 꿈꾸지 말자
다짐 또 다짐

세상이 어떻게 변하든
못 봤다 못 들었다

가고 싶은 곳
먹고 싶은 것 못 해봐도
후회는 안할끼다

성공이란 행운이
나를 배신하지 않는 한
뿌리 없이 걸어 다니는 나를 잘 보듬어
키워 준 흙을 밟고 걸어 다닐 때마다
흙에 감사하는 마음

시아버님 김·오·천

손발이 크고 작고
짝짝이로 살지만
마음만은 짝짝이로 살지 마라
선하고 착한 사람의 가치

부모 자산 덕보다
일터에서 배움의 꿈을 성공하고 싶으면
내 인생을 버려라
우리 시아버지처럼

자연을 살릴 수 있는
농사꾼의 손발이 남겨줄
자수성가하여 많이 베풀 수 있는
기억 속에 살아있는
그이름 석자 김 · 오 · 천

니 이름이 뭐고

이름 모를 저 풀꽃들
추운 겨울 삼동 내내 오들오들 떨다가
삼월이면
하얀 매화꽃 저고리에
보랏빛 고운 꽃치마 입은 작은 풀꽃들

예쁜 풀꽃들 품에 드러누워
내 꽃노래 소리에 손뼉 치는
이름 모를 작은 풀꽃들

맥문동

비탈진 산이라
뿌리가 튼튼한 맥문동 심고 가꾸면서
고생은 했지만
쏟아지는 빗물에도 산사태 막아준
고마운 맥문동

그 추운 겨울에도 파란 잎 내밀고
여름에는 보랏빛 꽃들이 너무 예뻐서
오가는 사람들 사진 찍고
하하하 웃음소리

맥문동아 고마워

세월 나이 앞에

되돌릴 수 없는 내 인생
2021년 12월 29일 며칠 지나면 8학년인데
나이 생각은 해본 적 없이

봄이면 손님 맞을 꽃 축제 준비
6월이면 매실 수확 제일 바쁜 큰 머슴
여름이면 밭농사 날마다 흘린 땀 목욕하고
가을 겨울은 가지치기 거름하기

와~ 오늘 너무 춥네
언 손 호호 불어가며 일하는
나에게는 일도 병일까

실패의 징검다리

배고픈 삶 맛본 적 있나요
아무 잘못 없는데
실패한 사람이라 천대 받던 존재

그래도 살아야 하니까
실패한 징검다리를 걷고 또 걸어
자욱 자욱이 눈물로
실패의 징검다리가 다 젖었네

그 실패의 다리 건너는데
30년 긴 세월
어찌 여기까지 왔을꼬

세월아 한숨 눈물 저 구름에
단비로 뿌려주소서

예쁜 내 젊음

기억 속의 추억일 뿐
나이 먹고 주름만 쌓였는데
내 마음은 봄

봄꽃처럼 웃고 살고 싶어서
8학년이 되어도
희망적인 봄이 좋더라

오늘 하루

허투루 살지 말자
버틸 수 있는 힘이 있어야
이겨낼 수 있는 기운이 생기제

인생은 물에 뜬 거품이 아니다

고통의 길을 걸어도
진흙 속의 진주가 내 손에
잡힐 때까지
열심히 한번 살아보세

이 또한 지나가리라

세상의 어수선함
그 또한 지나가리라

꽃 피울 건강하고
맑은 세상의 나날들
그래도 꽃은 핍니다

꽃같이 웃을 그날들
그 또한 다가오리라

장미꽃 가시

장미꽃 가시는
찔려도 가시만 빼고 나면
금방 괜찮은데

선인장 가시는
스치기만 해도
상처 주고 아픔을 준다

선인장 가시 같은 사람은
되지 말자

짭짤한 강된장

멸치 다시마 양파 대파 무 삶은 육수에
된장 버섯 잔파 마늘 땡고추 넣고
보글보글 끓여
짭짤한 강된장을 만들고

호박잎 양배추 깻잎 쪄서
따실 때 쌈 싸 먹어 보래
밥도둑이 따로 없다

살 안 찌는 강된장에 보리밥 비벼 먹고
물 한 바가지 먹어보래
여름에는 짜게 먹고 땀 흘러야
더위를 이긴다

우리 동네 할매들 강된장 먹고
오래오래 살면서 일만 잘하더라

행복한 밥상

음식에 양념이 잘 스며든
맛있는 밥상
행복한 웃음꽃도
밥상머리에서 핀다

철 따라 흙이 준 이 선물
풀이파리 많이 먹고
이 나라 국민들이여
건강만 하이소

꽃다운 나이에

꽃처럼 살고 싶어
내 인생 꽃이 되고 싶어 심은
내 새끼 꽃들아

밭에 가는 이 길도 꽃
산에 가는 오솔길도 꽃
돌담서방 등에 업힌 꽃들

천지간에 저 꽃들은
주름진 내 마음을
꽃같이 웃고 살라 하네

봄꽃

꽃샘추위
언 손 호호 녹여주는 어매 입김에
하얀 구름 가마 타고 시집 온 봄아

촉촉이 적셔줄 봄비에
살포시 흙이불 벗고 눈 비비고 나온
봄꽃같이 살고 싶어

내 영혼을 담은 선물은
어매 사랑을 먹고 산 저 꽃동산
어매 가슴에 영원히 피어있는
봄꽃들

101살 아지매

20대 아들 일하는 우리 집에
갈 곳 없는 엄마까지
우울증 병에 힘들어 하는 큰며느리 피해서
일 도와줌서 눈물 한숨으로 지새던 아지매

우리 집에 몇 년을 왔다 갔다 하다가
큰며느리 약 먹고 둘째 셋째며느리 다 죽고
작은아들 죽고 101살까지 요양원에 살면서
굶어 죽었다는 소리에 가슴이 아팠다

개떡 같은 성질머리 아들 걱정에
나에게 막내 동생처럼 잘 좀 봐주라 하던
어매 같은 아지매
자식이 뭔데
오죽하면 굶어 죽었을까

이런 삶으로 101살까지 눈물 한숨으로
살다 간 아지매

5

자연의
대가족

늙은 나무들은

저 산천 흙을 끌어안고

엄마 품 같은 흙은

나무를 품고 사는 울창한 숲

내 탓 네 탓도 없는 자연의 대가족

내 이웃

품팔이 할 곳이 없어
삼대가 한 집에서
미역국도 못 먹을 형편에
아들만 많이 낳은 아들 부자

조상님의 효심보고 자란 아들과 손자
보리죽을 먹어도 우애 있는 대 식구

조상님 부모님은 지극한 효심을 본받을 스승
못 살아도 조상님 부모님 잘 보필한 며느리
효부상 받은 그 어매 가슴은
웃음일까 눈물일까

복 받은 여인

일하다 도랑물에
목을 적시고 땀을 훔치고
멍하니 바라본 저 푸른 꽃동산에
머무는 내 마음

물소리 바람소리 새소리
흙냄새 풀냄새 향기로운 땀에 젖은 여인

꽃잎의 속삭임을
넓고 푸른 초원을
여인의 가슴에 품은 내 마음은
최고의 부자

논고동

시아버지께서
'야야 논에 살고 있는 논고동
단단히 좀 보래'

어미 논고동이 새끼를 가지면
그 많은 새끼들이 어미 살을 다 갉아먹고 자란다
논고동이 세상 밖으로 나오면
논바닥 풀 뜯어 먹음서 산다

둥둥 떠 있는 빈껍데기가
텅 빈 어미의 빈 가슴인 줄도 모르고 살다가
가을 벼 수확 때면
논바닥 흙속에 숨어버리는 논고동

'부모 등골 다 빼먹는단 말이
논고동을 두고 하는 말이다이'

내 새끼들

아침밥 따시게 먹고
엄마 아버지 학교 갔다 오겠습니다

학교 갔다 오자마자
한 놈은 소 먹이러 산으로
한 놈은 아버지 일 도우러 밭으로

해질 때면
엄마는 밥해서
아버지 아들 밥상은 따로
엄마와 딸은 시퍼런 나물 우채 무쳐
큰 양재기에 비빔밥 금새 다 먹어 삐고

일 년 내내 밥상이 풀밭이라도
군담 없이 잘 먹어준 내 새끼들
고맙고 미안한 내 새끼들

내 허리

어쩌다 병원 가면
왜 그리 겁나고 가슴 두근거리는지

일하다 너무 아픈 허리
흙바닥에 주저앉아 허리를 펴본다

밤나무 베다가 매실 따다가 떨어져 다친 허리
60년대는 똥물이 약인 줄 알고
시아버지 주시든 똥물에 떨어진 눈물

두 번째 수술 뒤 퇴원할 때
일하면 안 된다고 의사가 말했지만

활같이 휜 허리는 운명이라 같이 살다가
저 세상 갈 때 같이 가자
내 허리야

우리 동네 할매들

94년부터 명절 때마다 먹거리 챙겨 드렸고
98년부터는 날 추워지면
동네 할매들 목욕시킴서 때 씻기고 등 밀어드리는 재미

너무 말라 뼈만 앙상해도
일 잘하는 97살 할매들도 많다
어떤 할매는 똥주머니 옆에 차고도
욕쟁이 할매로 웃기는데 일등

첫날은 때가 많아도
토요일마다 씻기고 나면 뽀송뽀송한 우리 할매들
예쁘다

한 달에 네 번은 너무 많다 두 번만 목욕하자
니년이 사준 우동 참말로 맛있는데
미안타

목욕시키고 우동 사 드리는 이 마음
우리 엄마도 살아계신다면

엄마 같은 우리 동네 할매들
코로나 때문에 2년이나 목욕 못시켜 드려서
마음이 참말로 안 편네

오는 봄

매화꽃 인사에 설레는 사람들
매화꽃잎에 입 맞춘다

매화꽃잎에 꽃향기
매화꽃잎에 웃음소리

온 산천에 내려앉은
매화꽃잎 품어
시련도 고통도 스치듯 지나가라

자연의 대가족

늘은 나무들은
저 산천 흙을 끌어안고
엄마품 같은 흙은
나무를 품고 사는 울창한 숲

세찬 비바람에도
서로 의지하며 잘 이겨낸 나무들은
흐르는 개울물 소리에
개구리 노래 부르며 물장난 치는 개울가

저 산천을 끌어안은 할배나무들
아들 딸 야생화들
물장난 치는 손자 눈치 은어들
내 탓 네 탓도 없는 자연의 대가족

절망 속에서도

죽을 만큼 만신창이 될 때
눈을 감지 말고 눈을 더 크게 떠 봐라

지푸라기라도 잡고 버티면
어둠 속의 햇빛같이
다시 솟아날 구멍도 있더라

작은 씨앗이 다 썩어야
아름다운 거목이 되듯이

아무리 삶의 절벽이 닥쳐도
그 절벽이 있었기에

절망 속에서도
행복의 꽃이 핀 삶

한 맺힌 삶을

홍얼거리는 소리로
농민이 부를 수 있는
원천적인 노래가 뭔지 잘 몰라도

농민들 한을 풀어낼
콩나물 대가리도 음표도 모르지만
모내기 논맬 때 불렀던 한 맺힌 소리에
왜 자꾸 눈물이 나냐

농민이 흘린 땀의 한을
다 들어준 벼이삭이
고맙다고 고개 숙여 인사하네

내 청춘아

저 산등에 걸터앉아
쉬었다 가는 황혼 빛 햇님에
실려 보낸 내 청춘이여

흐르는 섬진강물 따라 가버린 내 청춘
바람에 흔들리고 비에 젖은 젊음
어디론가 날아가지 말라고
가슴에 품었던
내 청춘이여

부지런한 사람

근심걱정 다 버릴 수 있는 일

운도 있어야 하지만
부지런함이 제일이다
게으른 병엔 약도 없어

무거운 돌 하나하나
돌담 쌓을 수 있는 용기
힘들지만 조상님의 지혜가

오시는 분마다 좋아하시는 그 마음
고생보다 참 좋습니다

걸뱅이 같은 삶

빚쟁이에게
땅 다 넘어가고
너덜너덜 갈라진 가슴
그 여자의 눈물에 꿰매 신은 양말이 다 젖네

손끝은 언제나 터서 아픈 손가락
외딴 산속 일밖에 모르던 그 여자의 삶

걸뱅이 같은 흙조배기
초라한 꼬라지를 사람들이 볼까 봐
고개 숙여 살아왔던 그 여자의 젊음

살다 보니
보고 싶은 사람 울타리로 살고 있대

내가 선택한 삶

절벽 같은 산에서 일할 때
검정고무신에 새끼줄을 칭칭 감아도
넘어지고 미끄러지고 엎어지고

기어이 나무에서 떨어져 다친 허리
병원에서 두 달이나 똥오줌 받아냈제

쇠벨트를 차지 않으면
앉아서 밥도 못 떠먹었던 3년

쇠벨트에 의지하고 진통제로 살아온 여자야
활같이 휜 허리 좀 고쳐가며 살 것을
남들처럼 허리 펴고 일할 수 있게

들국화

아무도 돌보지 않는 산그늘에
외로움을 달래며
향을 팔지 않고 곱게 핀 들국화

따뜻한 꽃차 한잔
그 향에 취해 눈을 감고
그림 같은 자연을 그려 보네

추운 가슴을 녹여주는 들국화
내 마음을 데워준 찻잔에 떠 있는
들국화처럼

봄이면
농사꾼은 어서 일어나라
희망의 씨앗을 뿌리게

날마다 활짝 웃어라
매화꽃 새싹처럼

삶의 노예

삶을 온통 던져버리지는 말 것을
내 아니면 안 된다는 생각도 버릴 것을

밤낮 일에 노예가 된 여자
다 부질없다는 걸 알면서도
일에 목을 매고
내 스스로 만든 감옥 같은 삶

긴 세월 갈망하며
그래도 꽃동산은 내 인생이라
내 젊음 다 바친 꽃동산이
이렇게 좋은걸

바윗돌 총각

세월이 오가는 소래 길목에 서서
온갖 풍파 다 겪어온
이 산천의 주인 늙은 바윗돌 총각

고운 옷 한잎 두잎 다 벗어버린 앙상한 나뭇가지
추워서 우짜노
꽃과 나무들 한 동네 삶이 이렇게 좋은데
산천초목아 가을이면 왜 이별은 해야 하는지

사랑하는 느그들 보고 싶어 흘린 눈물에
개울가 저 늙은 바윗돌 총각 가슴에
얼음이 주렁주렁

산에서

산들바람에
밭 매던 호미 내 던지고
바윗돌에 기대어 흥얼거린다

흙손으로 내 마음 모두 모아
구성진 꽃 이야기 지저귀는 새들 소리
시 한 귀절 엮어 쓴 글

곱게 물든 오색 무지개 시 낭송 소리에
작은 풀꽃들 손뼉 치고
벌 나비 춤추고
목련꽃의 미소
우리는 한집안 식구다

은하수는 나의 별

가을밤 마당에서 콩 타작 하다가
배고파 된장에 보리밥 한술 뜨고
물마시다 바라본 저 하늘
유난히도 빛나는 은하수

새댁아
콩은 햇빛에 뚜디리패야 콩알이 잘 까지제
낮에는 산일 밭일이 바빠서
콩팥 타작은 밤에 하제

힘든 마음에 콩대에 기대어
저 은하수는 내 마음 알까
내 하소연 다 들어주는
은하수를 품에 안고
나도 몰래 깜박 잠이 든 새댁

친구야

웃음을 주고받는 친구는 많지만
같이 울어주고 눈물 닦아줄
친구는 없어

친구야 웃음도 좋지만
눈물 닦아줄 진정한 친구가 되자

험한 산길

잘 다듬어서
세상사람 다 오갈 수 있는
행복한 꽃길을 한번 걸어보래

봄에는 매화 꽃길
철 따라 핀 아름다운 꽃길

내 마음 위로받고 싶을 때
사랑하는 그 사람 손잡고
이 꽃길을 걸어보래
건강도 두 배 행복도 두 배

내 서방나무

내가 심은 56년
그 뜨거운 햇빛을 가려준
소중한 서방나무 그늘

밭곡식 잘 크라고
수많은 비바람 울타리가 되어
잘 버텨준 고마운 서방나무

날마다 같이 놀자던
내 마음 달래줄 서방나무들

이발도 해주고 봄가을 거름 밥 잘 주고
거름 밥 뺏어 먹을까 봐
잡초도 없애주는
내 서방나무들

다이너마이트

돌산에 포장을 펴고 매실을 따면
다 깨져서 버릴 게 더 많아

돌에 구멍 뚫어 다이너마이트 넣고 불붙이면
뻥뻥 돌 터지는 소리에 뿌연 연기
동네 사람들은 삼박제 전쟁 났다고 구경 오고

3년을 깬 돌을
여자는 세숫대야로
남자는 지게로
이고 지고 와서 88다랑이 논두렁 담쌓고 나니

간 큰 여자 용기 있는 여자
수야네 저년이 돈 되는 밤나무 다 베고
저 많은 돌 다 깨서
죄를 지어 서방이 자꾸 아픈 거라고
욕을 밥으로 산 내 젊음

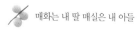 매화는 내 딸 매실은 내 아들

독불장군 없는데

내가 뿌린 씨앗에 성공이란 두 글자
잘난 사람 못난 사람
다 소중한 사람들

욕심 다 내려놓고 갈 낀데
마음 한번 내려놓는 게 왜 이리 어렵냐

좋은 인연 못난 인연 풍년들어
사람망태기 같이 좋은 인연 큰 부자
사랑하는 이 세상 사람
또 어디 있든가

내 삶

가정을 지킬 수호신 같은 남편은 몸져눕고
나는 승용차 기사가 아니라
사람을 많이 실은 대형버스 운전사

내 한 사람 믿고 사는 남편과 자식들
산에 가면 매화나무 식구들

그래 눈 딱 감고 귀 막고 입 다물고
떳떳하게 보람찬 삶이 될 때까지
한번 살아보자

여자도 남자도 아닌
지게 작대기 같은 소중한 사람이 되자

삶의 이유

외로운 산비탈에 홀로 핀
흰 백합꽃처럼 살기는 싫어
사람이 보고 싶고 그리워서
매화나무하고 이야기 하다가
사람하고 이야기 하는 게 이렇게 좋은걸
와~ 살만한 세상이네

새야새야 파랑새야

느그들 집은 대나무 숲이냐
비 오고 바람 불면 추워서 어쩌냐

파랑새 노랑꾀꼬리새 서로 주고받는 고운 소리
무슨 노래 부르고 무슨 말 주고받는지
친구로 사는지 서방 각시로 사는지

부러워서 느그들 바라보는
외로운 내 가슴 촉촉이 적셔주는 느그들 노래 소리
나도 같이 부를 수 있다면
나도 친구로 살 수 있다면
어디론가 훨훨 날아 여행 한번 가볼 낀데

내 가슴속 숨어있다 힘들 때 꺼내볼 수 있는
파랑새야 꾀꼬리 새야

흙무지 돌무지

흙무지 돌무지를 개척한 그 여자
그 무거운 바윗돌 같은 삶에도
매화꽃 동산 만들려고 태어난 여자

저 산비탈에 핀 백매꽃 서방님은
나를 보고 힘내라 용기 주고
저 산 등에 걸터앉아 핀 청매꽃 자식들은 배고파하네
양지바른 곳에 핀 빨간 홍매꽃 손자들 재롱에
웃고 사는 이 여자

가는 곳마다 백매 청매 홍매꽃 키우는 재미로
오늘도 이 많은 식구들과
재미있는 이야기 꽃피우는
그 여자는 8학년